枯山水

劉大任

目錄

（代序）

想像與現實

——我的文學位置

「五四」以來，關於文學的定位，主要兩種意見：一種意見認為，文學應該結合現實，反映現實；另一種意見針鋒相對，主張文學以擺脫現實、超越現實的表現方法為主，必須讓想像力自由翱翔。前一種意見，事實上已經成為五四以來新文學的主流傳統，後一種意見，是近年接受西方文學影響之下的顛覆運動，目前已經氾濫海峽兩岸三地和海外的華文世界，駸駸然，有喧賓奪主之勢。

那麼，「想像」與「現實」，兩者之間，必然互相排斥，勢不兩立嗎？

我試舉兩個例子說明。不談當代，因為當代有關文學藝術的主張，始終跟政治意識形態和歷史文化反思糾纏在一起，一鑽進去，簡單立刻變得複雜，除了激動無謂情緒，對釐清問題，往往沒有幫助。我的例子，是從古籍堆裡找來的兩首唐詩，李商隱的〈錦瑟〉和杜甫的〈登高〉。

兩首都是傳誦千年的名詩，對文學有興趣的莫不耳熟能詳，為了節省篇幅，不再引述，只須指出，前一首，百分之九十是想像，現實給壓縮到極簡，照樣撥動每個人的心弦；後一首，百分之九十是現實，無限的想像空間，完全留給了讀者。然而，你能挑戰它們的文學地位嗎？

因此，我認為，在文學作品中，想像與現實所占比重多少，與文學作品的價值，沒有太大的關連。

想像與現實，本來就是文學作品內容的主要元素，這是常識。文學作品是人類精神活動的紀錄，「想像」無論如何飛躍，總有個現實基礎，就是精神病患的妄想症，也可以找到某種現實，只不過，那個現實，可能是人體化學組合失調的結果；同時，文學作品裡面的「現實」，也非照相錄影，必須通過人類精神活動的感覺、認知和詮釋，才能形成所謂的「現實」，因此，「想像」與「現實」，其實是你中有我，我中有你。用這個常識觀點做題目，豈不是老生常談，有什麼啟發性呢？我的文學位置如果設定在這樣一個常識性的範疇裡面，能談出什麼道理嗎？

請大家稍微有點耐心，聽我解析一下。

但是，解析之前，讓我先講兩個小故事。

十二、三歲的時候，讀初中二年級，有一天，全校師生集合在大禮堂，聽一位校長請來的「文學大師」演講。

「大師」一頭銀髮，象徵智慧，著一襲長袍，果然仙風道骨。台下的我們，正襟危坐，洗耳恭聽。「大師」上了台，半天不說話，然後，慢條斯理，從口袋裡摸出一枝火柴，是好萊塢西部電影裡面牛仔英雄人物習慣在騷女人屁股上一劃就著的那種又粗又長的火柴，「大師」順手在講台上一劃，火柴燒著了。

他把火柴高高舉起，用溫柔敦厚的聲音說：

「文學就像這枝火柴——燃燒自己，照亮別人！」

那時候的我，文學還沒開竅，不過，經常上圖書館，小說、散文和詩，樣樣入迷，但還不太能夠分辨好壞。聽到「大師」的偉大宣言，還是不覺目瞪口呆。

這還得了！文學的目的就是「自焚」！搞文學就得準備做「人肉蠟燭」！

再講一個故事。

十幾年前，台灣一位少年文藝刊物的編輯專訪，最後要我給有志於文藝的小朋友說幾句話。我仔細考慮了一下，說了下面一句話：

「首先，不要聽老師的話。」

這句話，後來刊出的專訪裡面，給刪掉了。

兩個故事都是我的親身經歷，兩個故事都直接間接牽涉到一個問題——常識。常識救了我，幫我看穿「大師」的虛偽；常識告訴我，在台灣那種「升學主義」的教育制度下，聽話的好學生，除了背書，除了對付選擇題、是非題的小聰明，腦子一般不會動，更別說叛逆了。沒有叛逆，哪來的文學！

我強調「常識」！

但是，請注意，我說的「常識」這兩個字，解釋上，必須寬廣一點，必須深厚一點。「常」這個字，除了「平常」、「通常」的意思，還有「經常永久」

的意義；「識」也不止是「知識」，應該想到「見識」、「洞識」等等。

文學作品不是天上掉下來的。文學作品是由一個「創作者」，通過他的精神活動，一個字一個字，一個句子一個句子，一段一段寫（現在也許是「敲」）出來的。「創作者」是人，他寫每一個字，每一個句子，每一段文字，都是一個重要決定。這無數的決定，是好是壞，是美是醜，關鍵就在「常識」。所以，我更要強調，建立「常識」，是每一位創作者一輩子的事。這是艱苦寂寞的過程，每天都得做，閱讀、觀察、思考，一把劍，天天磨！同時，要有耐心，學會等待，若非水到渠成，不要輕易動手。

我們中國人有一個好傳統——做人。人不是天生成的，必須通過學習、反省、修煉，把自己「做」出來。這個「人」，怎麼「做」？我也講一個故事。

我很喜歡的一位日本電影導演小津安二郎，有一次，指導一位女演員表演一場悲情戲。女演員唸著台詞，不禁悲從中來，嚎啕大哭。小津先生喊停，把女演員請進房間，關上門，然後說：你是人？還是畜生？畜生痛苦才會嚎啕大哭，人痛苦時，臉上可能在笑，眼淚是往肚裡流的！

建立常識和做人，道理是一樣的，要求我們仔細分辨，特別是在細微末節那些地方。細微末節地方，最見真章，如果籠統糊塗，就是我們所說的「流俗」。當然，「流俗」也可以成就文學作品，但它屬於通俗文學，只剩下「娛樂價值」。

再講一個故事。這一次，以自己寫作的一篇小說為例。

十九、二十歲那年，我在台北小小的「先鋒派」（台灣叫「前衛」，其實，兩個用語都是從英文的vanguard翻譯過來的）圈子裡混，當時，朋友們把我叫做「慘綠少年」，有些事，不會或不屑跟我講的。可是，有天，大家喝醉酒，就無話不談了。有位寫詩的朋友，平常時候，他是憲兵隊裡的一名老兵。那天，記不得是什麼因緣刺激他，酒精當然也有幫助，否則很難想像他會從內心深處最黑暗的壓力下解放出來，他暴露了一段自己親身的經歷。故事很簡單，若干年前，他奉命槍決政治犯，一個大學生，十八、九歲的姑娘。執行前，姑娘轉頭說：這輩子，還沒碰過男人，你們，隨便哪一個……。

聽完這個故事，我非常震撼，有強烈的衝動，想立刻寫出來。然而，問題來了，怎麼寫？擬了幾個方案，又一一否決。幸好那時沒寫，試想，一個「慘綠少年」，接觸這樣的題材，後果一定慘不忍睹。我等了二十年，直到自己在人世間翻夠了跟斗。

這個題材牽涉到文章開頭提到的「現實」與「想像」。「現實」就是白色恐怖，也是中國幾千年歷史中層出不窮的「良心犯罪」問題。我的材料不夠豐富，而且，歷史紀實非我所長，我想做的，只是通過藝術手段來表現，這就要靠「想像」。可是，面對這樣的題材，我至少有點自知之明：一般的、平庸的「想像」，肯定不行，糟蹋故事不說，更褻瀆至死不放棄求生的犧牲者。

二十年後，有天逛紐約唐人街，在一家書店裡，發現一盤「江南絲竹」錄音帶，回家一聽，那種山溫水軟、纏綿悱惻的風味，忽然跟我心裡埋藏已久卻從未真正忘卻的那個故事，吻合上了。最殘忍的跟最甜美的結合在一起，這就是中國，這就是我要的。我想了一個題目，叫它〈四合如意〉。「四合如意」豈不是四平八穩、心閑氣靜嗎？殺人這種血淋淋的事情，中國人幹起來，也可以稀鬆平常的。中國文化裡面，凡是形容「美滿幸福」，往往喜歡用四個字，例如「金玉滿堂」、「花開富貴」之類。

於是，通過「想像」，創造了三個人物，兩個場景，完成了故事。這篇小說一共才一千五百字左右，雖然不長，但也無法引述在這裡。有興趣的讀者，可以參考台灣聯合文學出版社出版的我的一本短篇小說集《殘照》，〈四合如意〉就收輯在裡面。

所以不厭其煩，把作者無需交代的創作經驗和盤托出，無非是要點明，「想像」與「現實」，根本沒必要處理成「互相排斥」、「勢不兩立」那種大場面，多少年來，沒完沒了的無數筆戰，到了今天，應該可以休兵了。至少，我的經驗告訴自己：結合現實、反映現實這個傳統，路子還是很寬，可以做的，還是很多，沒有過時淘汰的問題，只有好壞精粗；同時，顛覆傳統，解放思想，讓想像自由飛翔的這條路，也一樣寬廣，然而，同理，也不能迴避好壞精粗。事實上，兩者不但不必對立，有時候，有機的相互結合，更海闊天空。顛覆和解放本身，不一定保證任何價值；結合和反映本身，也無任何保證。我還是必須再一次強調，不論選擇哪一條路，關鍵還是「常識」，更是「做人」，因為，文學跟所有其他藝術形式一樣，天生有個致命的敵人——平庸。

最後，在「常識」和「做人」這個範疇，還必須補充幾句話。

特別是年紀大了，逐漸摸出自己的定位。英文叫做「Self-conception」，意思就是：自己怎麼看待自己？

我一向不把自己看成「作家」，覺得做一個「知識分子」比較心安理得。這個選擇，跟虛榮心與反虛榮心無關，只是覺得，中國幾千年的歷史文化傳承，有一條軌跡，是一代又一代的「讀書人」（現代習慣的用語就叫「知識分子」）創造出來的，這是我的國。「作家」一詞，聽起來比較專業，「讀書人」或「知識分子」，好像關懷面比較廣比較深。當然，「知識分子」的定義，特別是當代，非常複雜。多年來，自己反省，光是在接受前輩的影響方面，淵源就無法說清楚。挑幾個重要的說說吧。觀察社會，認識世界，美國五、六〇年代的社會思想家C.Wright Mills，二十世紀末期的巴勒斯坦學者Edward W. Said，和當代依然活躍的英國無神論生物學家Richard Dawkins，對我的基本世界觀，都有一定影響。東方的作家裡面，我喜歡魯迅和日本的谷崎潤一郎，雖然兩人的風格，南轅北轍。西方的作家裡面，佩服杜思妥也夫斯基、福克納、喬哀思，但總覺得跟他們有點距離，生性喜歡的，卻是我認為比較陽光的屠格涅夫和海明威。至於當代文學界朋友們熱中的那些「大家」，馬奎斯、卡爾維諾等等，雖然讀過一些，還是覺得，恐怕還需要時間的考驗和淘洗吧。

我的文學位置究竟放在哪裡？很簡單，只有一個方向——盡力擺脫平庸。是否成功，不知道，但就像我一個熱愛麻將的朋友說的，每摸一張新牌，都是希望。

根據二〇一一年九月十九日在台灣清華大學的演講錄音改寫

二〇一一年十一月一日改寫

二〇一二年八月二十五日定稿

無限好

他獨自一人，坐在湖邊的公園長椅上面，眼光失去焦距似的望著，西天開始出現一抹紅霞。

陽光已弱，黃昏尚未到來。

沒有風，沒有浪，環湖綠樹的倒影，像一圈蕾絲花邊，跟隨隱約可見的粼粼波光，緩緩搖擺。

湖中心，兩隻白天鵝，靜靜划動水面下的雙蹼，調動身體，相互協作，彷彿在精心創作一幅美妙忘我的交頸圖。

然後，白天鵝加大了動作，一隻游了出去，劃開一個圓圈，接著，另一隻游出去，又劃開一個圓圈……。

他的耳邊，開始響起《姑蘇行》。

他不知道這首曲子的作者是誰。吹奏者是誰，他也記不清楚。也許，是吳、越古國上千年文化孕育的不朽呢噥軟語，也許只是近代某個孤獨靈魂的囈語。然而，音樂響起來了，他便不能不跟下去。主旋律一疊三起，一句套進一句，分不出首尾，分不出主從。

旋律劃著圓圈，一圈套著一圈。

白天鵝的舞步，錯落交接，繼續劃著圓圈。圓圈蕩漾著，一圈漣漪套著又一圈漣漪，慢慢擴散。

《姑蘇行》的笛音蕩漾著，氣完神足，飽滿玉潤，每一個音符都浸在青綠湖水裡，水淋淋，晶瑩剔透，隨後便肥皂泡泡一樣，悠然浮升半空，又紛紛灑落，滿天的花雨。

他看見她，在晨霧尚未褪去的湖上。

他看見她，從頭到腳，一身白，天鵝一樣，在湖冰上面劃著圓圈。

一條紅色的絲巾，跟隨她的身體，飄起來，像風箏的尾巴。

她飄過去，又飄過來。一個圓圈，又一個圓圈。

《姑蘇行》的旋律，像風箏的長尾，飄向半空，漸飄漸遠，融入西天一抹紅霞，紅霞散開，擴大。

這首曲子很怪，每次演奏一半，他的眼前，便出現地中海的形象、色彩和風情。畫卷沒有聲音，《姑蘇行》的旋律，是唯一的配樂。

他開著一輛風騷無比的法拉利跑車，通體赤紅閃亮，沿著海岸線的曲折回環，在五月的薰風暖陽中，穿插滑行。

他在約好的餐館等待，兩個小時，獨自一人，完成一次盛宴。

她始終沒有出現。

之後的情節，便都模糊了。但他記得前晚發生的一個片段。

前晚，手牽手，他倆從海岸岩壁的石階梯，逐級往下，走向海邊。她的髮絲，因略帶橘花香味的晚風飄起，飄蕩在他的臉頰上下，讓他的眼睛有點迷濛。他沒有用手拂開，卻將雙唇撅成吹呼哨的形狀，慢慢呼氣。

海上有點點星火，分不清天上還是人間。海浪輕輕拍岸，節奏緩慢低沉，周遭雖暗，似無任何威脅，反而有溫暖的意緒。他倆相互依偎，細數偶爾劃過天邊的流星。

那裡沒有海藻魚腥，只有橘子花香。

他又清楚記得，兩天前的上午，身旁的座位上，她的皙白面頰，微微反射，五月地中海的溫煦暖陽。岸邊回旋上升的公路上，紅色跑車，繞著山體，劃著圓弧，一圈接著一圈。

然後，又一個鏡頭，有一片輕霧，淡淡籠罩，午夜地中海的無聲水面。湖對岸的天邊，紅霞染遍。

《姑蘇行》的旋律，圓舞曲一般，一圈又一圈。

他用左手的手指，順勢帶動駕駛盤，跟隨眼前不斷浮現的路面，滑行。他的右腳，在煞車和加油的間隙，輪流自由操作，黑色凱迪拉克，遊艇一般，在漫山遍野的紅葉中，穿梭，好像暗合著唱碟重複播放的《姑蘇行》節奏。

他的右臂伸出，讓她的頭，尋得穩當的依靠。

他選中一家荷蘭風的旅店，作為他們完成儀式的祭壇。

新英格蘭地區，只有佛蒙特田園詩一樣的原野，才能找到如此歐洲風味的旅店。

然後，在讀盡漫山遍野瀰漫死亡氣息的紅葉之後，走上祭壇。他們的儀式，離完美不遠，他知道，因為，她用床單裹住半邊身體，回首剎那，嘴角的似笑非笑，讓他感覺達文西完成蒙娜麗莎後的放鬆和疲憊。

他突然發現，那一抹紅霞，已經氾濫成災。熊熊火光，燃燒天地，驚起一對白天鵝，從湖面飛升。

他驚惶四顧，不知道自己到了哪裡。

離岸不遠的樹林裡，木屋的燈光亮了。屋子裡面，瀰漫著番茄肉醬拌通心粉的甜香。媽媽在圍裙的襟邊擦手，呼喚珍妮。

「去把他帶回來，吃晚飯了⋯⋯。」

爸爸說：「看起來，今天好得多，早上還聽他說，要帶珍妮去釣魚呢！」

「不能信，午睡醒來，他又在找他那片忘了帶來的『江南絲竹』呢⋯⋯。」

珍妮一面跳舞，一面奔跑。上個學期，芭蕾舞課的老師，教會她《天鵝湖》那些小天鵝的基本舞步。

他忽然聽見陌生的呼喚。

他從公園長椅上站起來，回頭。

不遠處，一個人影，漸漸逼近。

「他們終於找到我了，要來抓我了……。」

他對自己說。

迅速掙扎，準備逃亡，卻被什麼東西絆倒了。

「你是誰？你們要幹什麼？」

珍妮到了長椅邊上，彎身，取出媽媽交給她的鑰匙。天色有些昏暗，她的小手摸索半天，才找到鏈條終端的鎖。他繼續掙扎，小珍妮一面尋找鎖孔，一面安慰他：

「別怕，爺爺別怕，媽媽叫你回家吃晚飯啦……。」

湖岸邊的大樹林子裡面，一隻沉睡了一天的貓頭鷹，醒來，發出一聲吼叫。

白天鵝早不知去了哪裡。

《姑蘇行》的唱盤，停止轉動。

湖水變色，彷彿深潭。
紅霞不見了，只留下黑暗，籠罩一切。

二〇一〇年一月二十一日初稿
一月二十八日修改
二〇一二年八月二十日定稿

骨裡紅

晨起有些涼風，天灰灰的，太陽不肯露臉，不過氣溫已經不算太低，可以動手了。他把所有必要的道具從儲藏了一冬的車庫裡整理出來，裝進手車，準備做他每年必做的功課。

腿腳似乎有點痠軟，手車的載重感覺特別明顯，整個冬天不曾運動，現在承受後果了。這個思緒，並未停留太久，貼面空氣傳達的春暖，已經無可懷疑了。

昨夜失眠，偷看老妻的日記。下面這一段，他覺得滿可愛的：

「報紙副刊出了一個有趣的題目：列舉你人生最難割捨的三件事，寫下來，過上一年半載，回頭看，如果沒有任何變化，就證明你是個快樂的人。我仔細想了想，第一是四月難得的不冷不熱的陽光，第二是半開的玫瑰，第三卻怎麼都想不出來。我大概已經是個快樂的人，竟然連捨不得的事情都不超過三件。」

裡面沒有他，可見他在她心中，已經可有可無了。

這不是挺好嗎！

日子過得如此忘我，快樂滿載，增一分都嫌多了。

這是他推著手車一路走向院落時念叨的事。

四月的陽光恰在此時穿透雲層，灑在綠籬上方白玉蘭將開未開的萬千花蕾上，又從枝葉縫隙透下，在那一排留在那裡過冬的大大小小盆栽周遭閃爍發光。

第一件事，得把去年深秋覆蓋在盆栽上下的大堆落葉清理乾淨。這活兒並不難，但要小心。大部分盆栽都是原生地在中國的雞爪楓，冬眠芽剛剛醒來，飽含水分，極為脆弱，如果用耙子耙掃，容易造成損傷，他決定用最原始的辦法，就靠十根手指，輕挑慢揀，雖然效率不高，反正，日子長著呢，保證安全就好。回頭整枝時，若是關鍵的芽眼殘了，那才難受，根本無法挽救的。

他已經完全排除在她的人生之外了嗎？

或者，早已成為當然，兩個人一體，再也不分彼此？

他把清除了落葉覆蓋的盆栽提起來，一株株搬到野餐桌上。手車裡面，大盆套著小盆，一落落，是他多年辛苦到處搜羅來的古典式樣的陶盆。每年冬藏的手續不能免，如果留在外面，化冰結冰，來回幾次，就會開裂。

要是他，最難割捨的三件事，頭一件必然是他準備傳家的那株老梅。

這批陶盆，應該也在其中。

老梅的年紀和造型，跟那些名品神品，可能無法評比，然而，即使從嫁接那個時候算起，都三十多年了，何況，當年買到的時候，花圃管理員告訴他，這棵砵砂梅，是由一粒種子生成。從種子發芽，成苗，再芽接到山桃砧木上，恐怕也好幾年了吧。

三十年前，他們家添了一名成員。兒子的成長，徹底改變了他的思路，功名利祿終於沒有任何意義，他的心，不再像風箏一樣天空裡飄蕩，父親撒手留下的黑洞，忽然填滿了。一線香火這個意念，好像一點也不抽象，一點也不封建，踏踏實實，地基一樣，讓他感覺自己成為四平八穩的一座建築。

老梅跟兒子同一年進入他的一線香火世界。有一種彷彿命運的重量。

也是春天的早晨。

天濛濛亮，一夜無法入眠，沒有叫醒熟睡的她，他決定出門。襁褓中的兒子，依偎著母親。

兒子剛剛出生，然而，他跟她的關係面臨破滅危機。

先以觀光客的身分，各處看看，回來後，再做決定。這是她的底線。他不能不答應她，雖然暗中籌劃回國教書的事，早已布置妥當，對方只等他回信。

從入關那天開始，他感覺得到，她的努力，不過是收集任何證據，藉以打擊他的信心。他們從深圳吵到廣州，從上海吵到北京。最後，他堅持到杭州一遊。山溫水軟的西子湖，可能是他最後說服她的希望。

他信步走向湖濱。

湖濱公園到處是晨運的群眾，年輕人打形意拳、慢跑，老年人跳交際舞、唱戲，他匆匆避開，逕自走向斷橋。裡西湖的荷花新發嫩葉，雜在去年遺留的斷梗殘葉中，尚未脫離水面。他順著湖濱前行，漫無目的，腦子裡不斷出現離家出走的意念。也許，自己先回來，三、兩年後，工作和生活安頓好，再團聚？也許。等到他穿過西泠印社，爬上孤山，才發現周遭已是一片梅花樹林。

開始只見顏色，然後是香味。他就近尋得一塊青苔滿布的磐石，坐下不久，胸中便只剩梅妻鶴子香雪海。

那天，一反初衷，他提著那株骨裡紅回到賓館，忽然覺得，有家真好。

巧遇那位跟他同鄉同宗的苗圃管理員，或許也是命運。老徐六十出頭，是個下放的教授。起初態度冷漠，對他的攀親問故，毫無反應，聽說他是美國回來旅遊的台灣同胞，態度才改變，不但介紹養梅的知識，毫不藏私，而且熱烈打聽有關美國和台灣的一切。知道他回國服務的計畫後，卻突然冒出這麼一句：

「這個國家，人吃人，不要回來！」

他的回國計畫，當然不是這麼一句話便給打消的。

表示熱情歡迎的那間大學，響應中央下達的幹部年輕化政策，換了黨委書記，毫無挽回餘地，把他除名了。

太陽漸漸移向中天，熱度散發，他感覺額頭有汗，微微沁出。好在，功課就要做完了。

每年初春的這項功課，骨裡紅老梅樁的整枝摘芽，總是留作最後一道工序。無他，最嚴肅的事，最後做，是他多年培養的習慣。當然，勞動了一個上午，這個時分，手最熟練，頭腦也最清醒。

骨裡紅的生長習性與眾不同，木質部的朱紅固然特殊，但喜歡在長枝著花，花蕾而且不多。若是僅留長枝，整體形態便失去清奇古怪，截長取短，又可能枝繁花疏。如何得其中，就需要仔細研究。

把老梅樁端上野餐桌，給它配上最心愛的古盆，細心填上他精心配置的細沙壤土，再抓一把揉碎的青苔，撒滿缽面，然後噴水。他繞桌從四面八方觀察，發現去秋因蟲蛀不幸夭折的那根長枝處，過冬以後，居然有出芽發枝的傾向。這一喜，非同小可。株形殘缺的醜惡記憶，這下可有了平衡彌補的希望了。

樓上的窗子忽然開了，老妻露出近來少有的一張喜氣洋溢的臉。

「兒子剛來電話，他媳婦懷孕啦，你要做爺爺了。」

手中花剪落地，他的眼角餘光，看見一隻翩翩飛舞的粉蝶，翻過綠籬，無聲無息，悄悄移近。

二〇一〇年二月九日初稿
二〇一二年八月二十日定稿

青紅幫

深夜，床頭的電話鈴突然響了，而且，久久不停。如果沒有急事，大概不會這樣堅持吧？雖然老大不願意，但折騰了一天的亂糟糟場面，馬上回到眼前晃動。迷糊中，我披上睡衣，拿起聽筒。那一頭，傳過來尚清乾啞的低音：

「他們決定拔管，他走了。」

我這才完全清醒。

「就跟你提一下，有這麼一件事，你也不必跟別人說，」乾啞的低音持續：「拔管後，我回病房看他，發現眼睛沒閉，眼淚流出來了，想想，如果他還有意識，聽見他們討論拔管，卻無能為力，我怎麼都無法平靜。」

窗外一片漆黑，看錶，快三點了。我算了算時間。

離開醫院是十點左右，醫生召集家屬開會，我不得不跟義宏道別。尚清想知道結果，待在樓下的大廳裡，堅持不走。照他的說法，拔管應該在十二點以前，這樣算，義宏離開人世，或者已經三個小時了。

那麼，尚清活在這個無法去除的恐怖意念中，也有三個小時了。

這三個小時，除了這說不清楚的恐怖，他還想了些什麼？

我猜不透，卻記起尚清跟我談過的奇特經驗。

多年前，他父親跟義宏一樣，中風之後，成了植物人，熬了半年，突然一天，醒過來了，而且說：「聽你們跟醫生討論拔管的事，可把我急死了，我拚命擠眉弄眼，怎麼就沒有人看見呢？」

「幸好是我堅持。」尚清的故事，是這樣結的尾。

我知道，如果他還是這樣想，那就沒完沒了。我決定解開他心裡解不開的結。

「這是物理作用。」我說，我相信我說這話的口氣，不容懷疑。「鼻孔和嘴巴塞滿塑料管，對淚腺造成壓迫，管子拔掉，壓力消失，眼淚自然流下，不過如此。」

希望掛電話後的尚清從此安心睡覺，卻不料，自己反而再也無法入睡。

滿腦子想的都是「青紅幫」。

那一年暑假，我上山打工，在紐約北邊一百多英里的一家度假旅館的廚房裡，第一次結識「青紅幫」，而且，因為彼此都有點公子落難的情緒吧，從此成為一輩子的莫逆之交。

旅館的名字叫做「協和」，那時候，巴黎、倫敦飛紐約的同名超速飛機尚未開航，不過，我相信，我第一天報到的那種既興奮又驚訝的感覺，絕不下於第一次坐上這種飛機的乘客。他們大概以為進入太空艙，我則好像到了後現代的大觀園。

這是個專為猶太人度假需要而創辦的巨無霸綜合休閒設施，除了上千間客房，光是室內網球場就有二十座，此外，在適當的地方，配置了大小會議廳、酒吧、咖啡座、游泳池、健身房、橋牌間、麻將室（我那時才知道猶太人也打麻將，而且，一樣瘋）等等，跳舞和音樂演奏的地方，當然更不在話下。這還只是大屋頂下的尋歡作樂內容，建築物和大草坪外面，方圓幾十里，穿插在樹林、草原和湖濱各處，還有供客人散步、騎馬和踩自行車的便道和小徑，不用說，湖中布置著划船、滑水和釣魚的水上活動設備，沿湖迤邐展開的高爾夫球場，更是一流名家的設計。

報到後的那天下午，我在天堂到處探險、遊玩、徜徉。第二天開始，便進入地獄，先接受培訓，第三天，直接送上了火線。

我們的火線，在每日三餐的廚房和餐廳之間。不要說那場面有多大，只消說，在領班的吆喝脅迫下，有時送一道湯，來回一趟，便像跑了一趟百米衝刺。

應該說是心理上的百米衝刺吧，因為，那個領班，高大肥壯，在你面前一站，就像面對金剛。不知什麼緣故，黑金剛對待我們華人，特別挑剔。也許是華人的身形天生矮小，也許是我們之間，從不講英語，也許是他從白人那裡感受的壓迫，需要找個轉移的出口，總之，火線所以成為地獄，根源就在他。

跟尚清、義宏相識，就是地獄生活開始的那一天，因為都是台灣來的，一開口，便認同了。受訓的還有幾個別地來的華人，在黑領班的虎威下，很自然也就混在一起；但那時，還沒有所謂的「青紅幫」。「青紅幫」的出現，是地獄生活差不多一個月以後「出事」的那天。

那天晚上，放工後，宿舍裡面，有場討論。有人主張向餐廳經理反映，有人說，索性集體罷工，但不少人顧及後果，怕丟飯碗，不免猶豫。最後，義宏自告奮勇說，都不用啦，交給我辦吧。

半夜時分，在廚房後面的樹林裡面，尚清和義宏兩個人，合力把黑金剛放倒在地，狠狠修理了一頓。我不知道，他倆靠什麼手段制伏那頭野獸，目擊者說，交手沒幾個回合，義宏就把「牠」的膀子卸脫臼了，躺在地上哀哀叫。尚清馬上把事先準備好的麻繩拿出來，威風凜凜的黑金剛，轉眼變成五花大綁的一顆粽子。

從此，「青紅幫」不僅在我們華人當中樹立了威信，連其他一道端盤子、洗碗碟和打掃清潔的，都彷彿有了點依靠似的，團結起來了。黑胖子吃了暗虧，不敢上告，從前那種嫌慢便踢屁股、高興就摸頭叫「好孩子」的作風，全不見了。

我曾經問過義宏，那黑胖子怎麼這麼好整？他說，你不怕死，他就怕。我也問過尚清，同一個問題，他卻說，打完了，義宏對軟癱在地上的黑胖子說：

「你去告，我了不起炒魷魚，你呢，保證你至少瞎一隻眼睛！」

那是我第一次明白，兩個人之間，但凡幹什麼事，不僅合作無間，一條心，而且，幹的時候，彷彿下意識地遵循著那麼一層主從關係。

下山之前，這個主從關係就更清楚了。

兩個人，鬧了一場。本來跟我無關的，我也不必知情，但義宏主動找我交代，要我以後幫他照顧這位小老弟。

為什麼要我做本來該他做的事呢？

我這個人，確實有點遲鈍，得到這個時候，才有點明白，才想起來，華人圈裡面，不時有些耳語，此外，他們兩個老喜歡在難得休息的時候，悄悄跑去划船，跑去樹林裡邊，有一次還給我發現，兩人坐在湖邊的長凳上，尚清的頭，居然倚在義宏寬闊的肩膀上面。

一年後，義宏成家了。婚禮席上，尚清喝得大醉，他倒沒有鬧場，只是，我送他回小公寓的路上，癱在後座，任由我囉嗦，他一句話不說。

這以後幾十年，兩個人之間，究竟怎麼安排，老實說，我就是再關心，也無從得知，唯一知道的是：一個終身未婚，另一個，外人看來幸福美滿的家庭，在我眼裡，總覺得好像只是不得不盡的某種義務似的。

那麼，這最後流下的眼淚，是真的嗎？

想到這裡，忽然一陣冷。

尚清不可能相信我的純物理解釋的。只是他心裡的話，即使到今天，也不可能對我開口罷了。我自以為聰明，其實連邊都沒碰著。

冬天的這個下午，我們在紐約近郊的「羊齒葉」墓葬場，送義宏最後一程。這是個外觀和內涵都比較保持老式傳統的墓園。雖說是西方式的，近年來，添置了不少東方味的東西，也許跟永恆入住的東方人日益增多有一定的關係吧。義宏的長眠之地，附近便有一株別名「獅子頭」的日本楓樹。看外形，應該不到百年，但因為這個品種天生體態蒼老，主要枝幹偏愛增粗，不喜拉長，因此在短距離內，每每形成扭曲迴轉的造型，近看時，好像經過「縮骨術」處理，不免覺得像侏儒，有一點「讓人難受」的感覺。然而，如果退後幾步遠觀，特別在這個季節，數不清的短枝細椏形成的繁複結構整體呈現，「畸形感」立即為一種「莊嚴感」取代。

完全可以想像，春暖花開時節，滿樹軟紅嫩芽，在那肅然的結構之上，向四外散發，有血有肉的光彩。

我站在義宏等待合龕的墓穴這邊，隔著哀悼的人群，遠遠看見那棵如今褪盡紅葉、只留骨架的「獅子頭」，感覺自己內裡，好像有些雜七雜八的什麼，正在自行反芻。

我呆呆地望著「獅子頭」，越來越無法平靜。暮色蒼茫中，「獅子頭」莊嚴肅穆，又不時微微露出，近乎猙獰的樣貌。

胸臆中，不同神形的「獅子頭」，反反覆覆，交替出現。

儀式進行到結尾，我都不太自覺。

然而，就在人群快要散光的時候，兩個黑衣人，一男一女，出現在視線內。一個是尚清，另一個，我突然意識到，竟是義宏的遺孀，是我們一輩子連大嫂都叫不出口的那個女人。

兩個黑衣人，居然擁抱在一起。而且，我親眼瞧見，尚清背部的大嫂的手，輕輕拍撫著。

這一次，是我的很不像物理作用的眼淚，即將奪眶而出。

二〇一〇年十二月十日初稿
十二月二十四日修改
二〇一二年八月二十日定稿

從心所欲

（仿魯迅〈在酒樓上〉，錯其意行之）

近些年，每次北京回來，心裡老是堵塞著什麼，荒荒的，好像面對高牆，有點無從入手因而無法一窺堂奧的感覺。人都說，如今的北京，三日一小變，五月一大變，連當地人都跟不上形勢，何況外人。這個說法，坦白講，不能心悅誠服。對於日新月異的變化，耳聞目睹，自然不能無動於衷，卻總覺霧裡看花，那層「隔」，不是因為「內外有別」，終究還是由於沒有正確掌握變化的規律，是這麼個道理吧。

這一次到北京，我想，也許找個老朋友聊聊，說不定能幫我解除始終盤旋心頭的莫名遺憾。

於是，我給老許打了電話。雖然多年不見，自覺相當唐突，但老許的反應，的確超出我想像的熱烈，讓我放心不少。

記得他是在天安門事件發生後不久就決定去北京的，那時候，朋友們對老許的決定，頗有微詞，然而，他說：國家有難，此時不回，更待何時！

多少年不見啦？真記不清楚了，其間，記得他回過美國一趟，是為了報稅還是什麼的，總之，即使在別人家見過，也沒仔細談。那時候，見他的面，彷彿有唯恐被玷汙的感覺。不過，日子久了，漸漸的，大家的想法就有了變化。這幾年，我甚至聽人說：還是人家有眼光，有魄力！

老朋友再次見面，雖然談不上恍如隔世，心情的忐忑，大概是難免的。我請他選個地方，看來他還挺體貼的，邀我到一家台北風味的品茶兼餐飲的地方見面。他說：那兒比較安靜，我們可以細聊。果然，我發現，那家餐廳的裝潢和氛圍，讓我想起永康街，不同的是，它高高在上，在水泥、玻璃、塑料和大理石精心堆疊起來的一座既寬又大的高樓上面。

沒有白雲，沒有藍天，綠樹也只剩一抹，乖乖躺在地上，像一摞孩子們棄之而去的玩具。

窗外，彷彿，紅塵一片。窗內，彷彿，香雲繚繞。

然而，我們有過共同的歷史，我們一道擁有過洛杉磯，一道流離過紐約。現在，命運相約，在拔地矗天瞬間崛起的北京。

灰色的毒霧，同樣瀰漫在我們走過的三座城市。

從哪裡談起呢？

且先點一杯好茶吧！

「胃不好，我現在只喝普洱，而且要陳年老茶餅磨碎的那種。」老許說。在紐約便聽說，他這些年，風生水起，難免心力交瘁吧！

「這兒有嗎？」我問。

「你放心，錢買得到的，他們都有。就是沒有，我隨身包裡帶著。」

問一旁穿著制服、垂手侍立的、鄉下來的女孩。居然沒有。

那，台灣的高山凍頂烏龍，估計也沒有了，我心想。

居然有，而且，據說是阿里山產的品牌。

「我們老闆剛去旅遊，親自帶回來的。」

小女孩的話音裡，透著一絲興奮。

「拿來我看看。」

倒了一些在手心裡，大拇指搓碎，就著鼻子，聞到的味道並不純正，不過，好在周遭清靜，可以將就了。

「沒想到你現在喝茶也這麼講究。」他說。

「你說『也』，表示你我不約而同，都拋棄咖啡愛上茶了。這不是又走上一條路了嗎？」

「沒錯，記得從前，特別是在洛杉磯那一陣，不是都瘋過電影的嗎？」

可不是，那些年，雖然同在異國流浪，我們都在莫名其妙地追求，就是到了紐約那種自覺控制著全世界的地方，我們不都還迷戀著練字、寫詩、畫畫？大家都作一樣的夢，只不過，浮浮沉沉，誰也做不出什麼名堂來，日子就那樣過去了。現在倒好，喝茶是沒什麼成敗可言的。

「記得你從前最愛龍井的，什麼時候換了口味了？」老許記性真好。

我揭開茶盅蓋，雖然不算撲鼻，香味還是可人。

唉，雨前龍井，一槍一旗，溫水沖泡，沖鼻一股豆香。再看顏色，那種綠，日本茶道怎麼能比，嚴格說，應該是綠意，不是既煩人又刺眼的綠色。為什麼不喝了？說來話長。這麼說吧，有一年，機緣湊巧，喝到了正宗的，那以後，市面上遍尋不著，不論掛上什麼「特種」、「優選」之類的招牌，一比較，便覺混濁。後來才明白，原來正宗雨前茶都必須上交，只有在國宴一級的場合，才有可能喝到。

「可我總覺得，凍頂烏龍似乎有那麼一點泥土味，好像沒洗乾淨似的。」

「那你是沒喝到好的。真正的高山凍頂，嚴格說，原產地在台大溪頭農場的一小塊範圍，或者土質、氣候條件類似的地方，阿里山只不過名字好聽、惹人遐思吧了。」

「好在哪裡呢？」

「回甘！」

「除了帶梗的爛茶，什麼茶不回甘？」

「這就是學問了。真正的好茶，所謂『回甘』，不止是舌根處一絲甜香而已。要像在冷空氣環境裡柔柔軟軟打完一趟太極拳，像窗明几淨、心閑意靜時寫完一張字那樣，會有那種渾身上下神清氣爽的感覺。」

「噢？你現在還在練字嗎？」

「其實一直在練，但練到現在也無法突破前人窠臼，好在我就當在修身養性，能享受就行了。」

「我倒是有點心得，真迷上了，生意雖忙，只要懂得用人，就有時間留給自己。你信不信，這兩年，已經有人向我求字呢。」他說這話的神態，煞似一名找到表白機會的情人。他端起茶盅，喝時並不經心，彷彿藉此動作，整理一下自己的思緒。

我不覺有點期待，說實話，一下午，第一次覺得，除了敘舊，這次不期而會，說不定真可以有些收穫。於是，我說：願聞其詳。

「每一個字，每一筆，都是『無限可能』！」

他說這話的口氣，不像字面上聽起來那麼「哲學」，也毫無「宣言」的意味。好像在說：常吃豆腐，有益健康。

那麼，當年拋下紐約回國闖天下的老許，或許並非如人言可畏的那樣「風生水起」，或許，轟轟烈烈的崛起聲中，還是有人修成了正果？

我往後靠了靠。不過，心中殘留一絲猶豫。

「老實說，聽你這麼講，我有點意外。其實，北碑、宋帖、漢隸、秦篆，好歹都模仿過一陣的，總是覺得，無論結字、行筆，首先就要求揣摩前賢的意向，怎麼可能『無限可能』？」

「請問：你多大年紀啦？」

「這是學書的原則問題，跟年紀有什麼相干？」

「這把年紀，還顧得上『原則』？你老兄不免過於迂腐了吧！怎麼說呢？對了，你我如今不能蹣跚學步，要『只爭朝夕』。」他忽然提高音量，好像怕我無法領會。

「我問你：你跟你老婆，還敦倫嗎？」

雖然已經到了「從心所欲不逾矩」的年紀，這樣潑面而來的問話，還是感覺有點招架不住。我假裝喝茶。

「不好意思嗎？哈哈，我代你回答好了。我老婆早就拒絕跟我同房啦，可是，你承不承認，每隔一段日子，總有那麼個三、兩次，早上熱烘烘被窩裡，模模糊糊，還有那麼點蠢蠢欲動的念頭。那你怎麼辦？」

實在難以出口，我沉默著。但是，他用眼睛盯著我，逼我表態。心裡難免反感，悄悄警告自己：「風生水起」的老許，終於出現了嗎？

「我想，到了你我這把年紀，大概也撕不下這張老臉，找『職業的』幫你解決吧。而且，確實也太費周章，又要花錢，又怕得病，說不定授人以柄，還惹上風紀問題，是不是？」

我本來以為，如此悠閑的一個下午，先談點茶藝、書道什麼的，等彼此心情放鬆，再問問他的北京經驗，就可以「不虛此行」了。不料竟落入這麼一個毫無轉圜餘地的死角。

只好找這麼一個笨拙的臺階，希望脫身。

「那倒是，人到這個時候，不如自己解決算了。」我低著頭，不太敢看他，語氣確實是支支吾吾的，早就忘了阿里山凍頂烏龍回不回甘那回事了。

「可是，你如果不解決，不是一整天一整天都好像坐立不安嗎？」

抬起頭，我突然發現一個從來就不認識的老許。

忽然想到，當年的他，曾經在一次夜會裡，朗誦過一首詩。記不清楚是紐約還是洛杉磯，也記不清楚那首詩的內容，只記得朗誦開始前，他公開宣布：這首詩一發表，管教紀弦、瘂弦、余光中之類的，從此乖乖地滾進歷史的垃圾堆裡啦！

我索性不再爭辯，只覺陌生，硬著頭皮，聽他說他的道理。

「我告訴你吧，既然到了這把年紀，何必那麼窩囊！與其自己動手解決，不如養幾個小祕，花幾個錢罷了，老婆那邊，也讓她盡量花，大家都滿足，大家都自由，日子過起來，既乾淨又漂亮，就像第九局最後一棒的再見安打，這就是『無限可能』。寫字的道理，不也一樣？什麼法度，什麼神韻，這個年代，這個地方，只要自己有辦法，什麼奇蹟都可以創造！」

忽然，從這座摩天大樓的高度，我開始窺見某種規律，跟老許的「風生水起」，跟高樓四面八方一望無際的、由鋼筋、水泥、玻璃、塑料和花崗岩、大理石精心堆疊的、積木似的偉大文明，約莫聯繫上了。

接下來兩個鐘頭，他開始滔滔不絕，講他的奮鬥故事，包括開講壇、上電視、接受專訪、發展人脈、調動各路人馬……。不久前，風險資本基金成立了，他的公司也在上海、香港上市。現在，他其實也不那麼忙，幾個大碼頭，輪流轉轉，視察一下，指點一下，只要用人得當，不要說財源滾滾，連他的

「字」，都洛陽紙貴了。

喝茶喝出這樣的成果，真是始料未及。

難道我沒有任何收穫嗎？

我沒有向他求字，卻暗下決心，回家後，還是好好把歐陽詢練一練。

終於瞥見了無蚊蠅、無汙染、無風也無塵的高樓世界，好像跟洛杉磯跟紐約，也沒太大不同。

古代人想像的神仙，不就永不衰老地活在那裡嗎？

二〇一〇年九月十四日初稿
九月二十四日修改
二〇一二年八月二十日定稿

對鏡

他面對日曆，確定就是今天，心裡不免有點發毛，不料更側眼看見牆上鏡子裡面的自己。

的確很久沒照鏡子了。這是自己嗎？

開始逐一檢查。

首先入眼的是牙齒。

不知道什麼時候開始，門面已經變成了這副模樣。上排最中間的那顆門齒，醒目突出，也許是因為牙齦萎縮，不該露面的牙根都暴露了，整體便顯得特別長，特別大，特別白，張嘴時，竟似卡通片裡面上下唇合不攏的那隻兔子。不過，兔子有兩顆門牙，大小均衡，形狀相同，因此看來還滿自然，甚至有點喜感。他卻沒那麼幸運。特大號門牙兩邊，一顆只剩一半，另一顆雖然大一些，但似乎遭逢過意外傷害，底邊的平行線不見了，斜線還有缺口。傷害發生的時間和經過，早已在記憶中消失。

然後，他看見齒梳夾住的白髮。

因為頭皮老是發癢，無論什麼牌子的洗髮精都治不好，他養成習慣，喜歡用女人那種大號篦子刮頭皮。一向覺得，這麼做，既可對付頭皮發癢的毛病，又能解決頭皮屑過分囂張的麻煩，而且，活血醒腦，不免有青春永駐的幻覺。不料，行之日久，傲人豐厚的一頭好髮，不僅日見稀薄，竟在不知不覺間，變成了黑白黃雜色相間的一頭蓬草。

然後是腦門上面的皺紋，整體向下擠壓，多餘的皮肉，形成了幾乎遮住視線的上眼瞼，接著是失神的瞳孔，微撇的嘴，鬆垮的下巴，鬆垮的脖子。他不敢脫衣。

這一天，是他七十歲的生日。

一個星期以前，半路偷聽老伴的電話，聽到沒頭沒腦的這麼幾句。

「算了，算了，別麻煩，他也不見得喜歡，這些天，老是無精打采，好像誰得罪了他似的。」

「那你總不能什麼表示都沒有吧，老朋友藉機會聚聚也好嘛。」

「不必了，真的不必了。」

覺得無聊，就掛上了。

直到看了日曆，才恍然大悟。

然而，一旦揭穿謎底，他的情緒卻像開閘放水，簡直無法收拾。

別人反而關心，她卻拚命阻擋。原來，在她眼裡，已經成了多餘的包袱，可有可無，多一事不如少一事。

雖然自覺邏輯上好像不太通順，依然悶著一張長臉。屋子裡的空氣，彷彿回到幾十年前吵完架誰也不懂如何讓對方下臺自己也好下臺的模樣。

就這樣，過了一個禮拜。

好了，現在終於必須面對。

一大早，老伴用若無其事的口氣跟他說：晚上約了人來家搓麻將，你如果嫌煩，吃過飯自己去看場電影吧。

他沒搭腔，卻有了決意。

趁老伴在後院收拾東西的空檔，他開始迅速整理行李。內衣褲三套應該夠了，了不起隔天洗一次，晾在浴室通風處，過夜就乾。襯衫長褲各兩套，加上毛衣夾克和襪子，小皮箱還有不少空間，他在廚房櫃子裡找到一個大玻璃罐，將一個禮拜需要的各種維他命、關節補強藥、深海魚油、銀杏製劑、兒童阿斯匹林、薑黃素以及降血壓、降膽固醇、降血糖的所有藥丸，一古腦兒全部塞進玻璃罐，再放入梳洗用具包。發現還沒填滿，才忽然想到，總該帶幾本消閑的書吧，否則大把時間如何消磨？總不能成天散步看電視嘛！隨手將床頭櫃上的《三國演義》塞進皮箱。

車子滑到馬路上，才忽然有點不忍，掉轉車頭，回到家門口，加寫了一張字條，留在信箱裡。每天下午三、四點鐘，她習慣取信，到時明白他已不告而別，也就可以了。

字條是這麼寫的。

「出門散心，一禮拜後回來。」

雖然是乍暖還寒天氣，公路兩邊偶爾出現的柳條，已經換了顏色，介乎金黃翠綠之間，顯然是冬眠芽被近來的陽光雨露暖風催開了，新生命正在探頭向外張望。

看見新綠，無形中，心情開始變化。他並不自覺，只順手按鈕，找到了久已不聽的古典音樂臺，正好播放著〈莫札特第五號小提琴協奏曲〉，他的心情又往輕快的方向一躍。

路程不算遠，不到兩個小時，他已經在那條山道上往高處漫步攀登。

他估計，一個小時應該抵達山頂，不妨盤桓到日落，再回旅館。叫一道墨魚通心粉，一瓶冰得恰好的白葡萄酒，慢慢享受。如果這樣還是睡不著，那就看《三國演義》吧。只不過，這種時候的心情，究竟應該看哪一章，卻想半天拿不定主意。舌戰群英、赤壁鏖兵、草船借箭，那些熱鬧的，未免讓人興奮，那就比咖啡更有害；敗走麥城、淚斬馬謖、丞相歸天，又未免過於消沉，唉，管他呢，就看三顧茅廬吧。反正，明天一早起床，租部腳踏車，隨心所欲，到處逛逛，一切都按照計畫進行。

不料到了山頂，天氣起了變化。

山下濃霧往上席捲，天頂烏雲開始蔓延。身上衣服單薄，不得不違反初衷，提早下山。跌跌撞撞往前奔，忽然一腳踏空，失去平衡，人便像自由落體一樣，栽倒在陡斜的山道上……。

一定要他們後悔，他對自己說，一定要挨到他們後悔，否則沒臉回去。

流浪了兩天兩夜，居然沒有人找他。

第三天傍晚，他悄悄從廚房後門摸回自己床鋪。隔著紙拉門，他聽見姆媽對老爸說：下手那麼重，就是我，也永遠不要回來。

醒來的時候，發現渾身濕透，雨下著。

回到家，先查郵箱，那張留條，加上今天的郵件，沒人動過。他想，還好她忘了取信。這樣的話，就說自己去看了兩場電影吧，反正她也不會在乎。

然後，推開門，屋裡漆黑一片。正要開燈，忽然燈火通明，七、八上十個聲音齊聲大吼：

Surprise，生日快樂！

二〇一〇年四月二十日初稿
八月六日修改
二〇一二年八月二十日定稿

處處香

媳婦懷孕的消息，像顆炸彈，投入他倆靜如止水的生活。

他的反應還算正常，開始有點麻木，似乎不太明白究竟發生了什麼事情。等到那消息所代表的實質意義逐漸具體顯現出來，他好像已經過了適應期。

每天起床，依舊按照習慣，打拳、澆花、寫字、吃藥，只偶爾在上洗手間的空檔，忽然冒出這樣的問題：該給取個中文名字吧？

她卻馬上換了個人！

一開始，便簡直不成體統。平常該做的事，雖然照做，但完全心不在焉。炒菜忘了放鹽，出門不關火爐，頭頂著老花眼鏡找老花眼鏡，這些還不算什麼，最可笑的是，六十好幾的人，走路像是腳底起了泡，蹦呀蹦的，跳啊跳的，跟幼稚園唱遊課堂上花枝招展的小朋友一樣，嘴裡且迷迷糊糊哼著：

「雪霽天晴朗，臘梅處處香，騎驢……」

快一個禮拜了，中文名字還是取不出來。勉強完成一半任務，決定從他的孫輩這一代開始，不再順從宗法社會的傳統，把代表輩分排行的那個字，取消了。因此，他覺得，當年無法違逆自己父親因而沒給兒子取個單名的遺憾，這可得到滿足了。

單名多好！《水滸》、《三國》那些人物，都是響噹噹的好漢，光聽名字就知道了！

他於是把塵封多年的《詩經》找出來。

大家族早已淘汰，宗法社會那一套，今天固然不再適用。然而，祖宗文化的精神傳承，如何拋棄？更何況，他一向認為，《詩經》、《尚書》一類古代典籍，基本都是先民集體記憶的活生生印記，為自己的孫輩，尋根溯源，該是義不容辭的吧！

不料，連續選中的三個字，都分別以不同的理由，遭到否決。

第一個字，台灣的妹妹電話反對，理由是：算了筆畫，不吉利。

第二個字，兒子來了電郵：他不喜歡兩個字都是第二聲，讀起來不順。第三個字，她委婉而堅決的說，你再仔細想想。

她自己的行為，卻在一段混亂騷動後，彷彿塵埃落定，變成一種無可動搖的承擔。她開始有計畫、有秩序地為媳婦的產前產後生活，預作安排。

兒子的住家，在另一個州，坐火車需要轉車，不太方便。自己開車的話，也要兩小時左右，視當天交通情況而定。這就立刻決定了他的命運。名字尚未取定，她已當面宣布：孩子生下來，你得設法照顧自己，我要搬過去住了！

然後，電腦上收到了媳婦傳來的超音波造影：他們家迎來的第一個第三代，是個孫女！

迄今為止，所有預定的中文單名，都選擇了雄赳赳氣昂昂的字！

為什麼他的潛意識裡，居然毫無懷疑地確定是個男孩兒呢？

尤其嚴重的是，他開始意識到，如果她必須搬過去照顧新生的孫女，恐怕不是三、兩個月就能解決。媳婦年輕，不可能放棄工作，產假過後，做婆婆的就得全天候接班。這就不是半年一年的事。

一個孩子生下來，你至少得陪上五年時間。這是育兒專家的名言，也是他自己的經驗。

他發現，如今具體面臨的，絕非取個中文名字那麼單純好玩。

聖誕節到新年那個長假期，他們在兒子家裡團聚了一個多禮拜。那幾天，他只勉強接受一項任務。任務雖然簡單無比，但他相信，那是兒子跟他母親兩個人商量好了的小小陰謀。

育嬰房首先必須清理打掃，他不想參與。媳婦害喜，又兼挺著大肚子，不方便勞動。重活便都由母子兩人分擔。房間原有的家具全部搬出來，有的安排進別的房間，有的乾脆當廢物扔掉。打掃乾淨之後，牆壁需要重新粉刷，地板吸塵打蠟，整個房間消毒，兩個人從聖誕夜忙到除夕，一次也不來叫他，他也毫無愧疚。

他隱隱感覺重心轉移，在抗拒與順從之間，無所適從，把一大本《詩經》連帶詳細的注釋，全部讀完，依然找不到任何靈感。他先從草字頭的那些蘭芷香草的名字裡面尋起，又在斜玉邊的那些古色古香的禮器名目中挑揀斟酌，結果呢，要不是字型過於複雜，便是聲音不討人喜歡。

他終於明白，他所以無法順利找到自己第三代的正確名字，沒有別的道理，只因為他心中根本無法確定，這即將來到的小生命，對他而言，究竟意味著什麼？

新年早晨，兒子將一個紙盒交到他手裡。

盒子裡面有八個英文字母，木頭雕刻，上好了顏色。

兒子說，請爺爺用膠水貼在孫女兒未來生活成長的育嬰房裡面。

他第一次走進那個房間，首先聞到一股應該是油漆和塗料的混合氣味，他不知道兒子和媳婦在哪裡找到這種配方，混合的氣味很特別，一點都不刺鼻，反而有淡香，像春天雨後初晴的新割草地，像散步進入綠蔭蔽天的樹林。

他在窗簾拉開的大幅玻璃上方找到一面粉壁，用尺量好位置，然後，細心而虔誠，將那八個英文字母按照順序一一黏貼妥當。

過程中，他感覺自己生命的某一部分，跟那個現在覺得已經熟悉的英文名字，互相有了說不出的某種粘連。

兒子又說：這邊牆壁，想不起來如何布置，寶寶的搖籃就在這裡，她的眼睛睜開後，第一眼看見的，或許就是這面牆。老爸，你能不能為她寫一幅字呢？

經過差不多一個月的努力，終於勉強交出了作品。

那幅字，算不上什麼書法作品，但他寫完那天，確實感覺氣定神閒。

或許根本與書法無關。

那天早飯後，照例打完一套楊氏太極拳，他對特別給他送來一杯高山凍頂烏龍的她，忽然感到一股久已陌生的難捨情分。未經大腦，便衝口而出：

「咱們搬家吧！孩子既然沒妳不行，那就賣了這裡，到他們那兒附近找棟小點的房子，收拾起來省力，來往也方便！」

那天晚上，她這才把她幾個月來悄悄準備的那個本子讓他欣賞。那裡面，有寶寶的超音波造影，有她爸媽的結婚和蜜月照片，有奶奶，有爺爺，還有叔、嬸、姑、表，而且，每一頁，都親筆繪製了奶奶最喜歡的花花草草。

他的所謂書法，寫的就是奶奶當初迷迷糊糊哼著的那首歌。那連續四個「響叮噹」確實不好表達，每個字都有四種不同寫法，可能絞盡腦汁，翻遍碑帖，才蒐羅齊全的。

作品規格稍有不同，代替題款與印章的，是這麼八個字：

爺爺練字
寶寶聽歌

二〇一〇年二月二十七日初稿
二〇一二年八月二十日定稿

西湖

事情都從西湖開始。

那是尼克森訪華後的年代，文革已近尾聲但海內外卻很少人察覺的年代。因緣湊巧，我跟翔和在杭州的華僑飯店不期而遇。那個年代，獲准回大陸探親的海外華僑，人數不多，台灣出身的，就更屈指可數了，而我們兩個，差不多二十年沒有任何來往，卻在同一天到了西湖，又在湖濱的飯店餐廳裡面，碰見了。

若不是翔和發脾氣，跟服務員吵架，我想，那天我未必就敢認他。他正在火頭上，當然也不會注意我。彼此的臉型也許改變不大，身材早已不是當年成功嶺時代的模樣，但他雖然變成了個矮胖子，吵起架來，指手劃腳、口沫橫飛的態勢，仍不減當年。我於是大著膽子，試探：

「是翔和嗎？三連二排一班十一號？」

半天沒有動靜，我以為自己認錯人了，有點尷尬，吵架的場面倒因此冷了。

那男子還在繼續攻擊。

「什麼態度，你這是為人民服務嗎？」

面色緊繃的女服務員，一面退回廚房，一面回嘴。

「不吃拉倒，八點關門，什麼都沒了。」

接著，老朋友的口吻，讓我從多少有些猶豫，立刻變成驚喜。

「二號？你這些年，死哪兒去啦！」

那天晚上，我們在「樓外樓」喝了個痛快。

當然，那時候的「樓外樓」，也不怎麼樣，就是特別招待外賓的樓上「雅座」，桌面油膩膩的，滿地下碎骨爛菜香菸頭，服務員的臉色，一樣大義凜然。

我是當天上午到杭州的。賓館報到，擱下行李，就迫不及待出遊了。

多年魂牽夢縈的西湖，沒半天就索然無味。為什麼呢？

沒在那個年代親歷西湖的人，是無從想像的。

那半天的西湖獨遊，只能用「心驚膽戰」四個字形容。

偌大的西湖，遊客寥寥無幾，除開船工，幾乎一無例外，都是外賓華僑。怎麼知道呢？很簡單，穿著打扮，把西湖裡外的所有人，分成截然不同的兩類：有顏色的和沒有顏色的。所謂「沒有顏色」，也不盡然，應該說是灰、黑、綠幾個單色吧。

更讓我吃驚的，是「單色族群」臉上那種木然的表情。湖邊蹲著遊手好閒的，店鋪裡面管理買賣的，馬路上排隊行進叫口號唱軍歌的，好像全按照某一天書操演與己無干的故事。山光水色依舊，但是，看到的人，異樣陌生，讓我有點怕怕的。

我到處逛了一圈，越來越覺得自己孤魂野鬼一樣，無端墜入醒不過來、無法逃離的夢魘。

不過，從第二天開始，我的心情出現了意想不到的變化。

應該說，從巧遇故友那一刻，變化就開始了。

因為白天的經驗，見到本來並無深交也鮮少往來的朋友，仍覺特別溫暖，簡直像得救了似的。

然而，這個「救贖」，又不太可靠。原因是，交談中，翔和透露，他這次的杭州行，是來相親的，雖邀我同遊，我不免猶豫，怎麼能做電燈泡呢！

第二天一早，我更後悔答應他，但我脫身不了。因為，他說：對象是親戚介紹的，從沒見過，聽說一心為了出國，你幫我出點主意嘛！

根據前晚商量好的計畫，未來三天，翔和堅持：你就跟我走吧，這裡，我熟得不得了，保管你愉快盡興⋯⋯。後來我才知道，他所謂「熟得不得了」，是因為他約好的嚮導，就是他的相親對象，杭州土生土長的。

這是我第一次見到雲英，也是我第一次感覺，儘管時代凶險，大環境暴戾恣睢，還是有些東西，似乎永遠撲滅不了。

是因為山溫水軟的西子湖嗎？

雲英是杭州藝專的畢業生，父親是該校教授，雖與徐悲鴻都是留法的，但他的畫風，接近後期印象派，始終拒絕寫實路線，如今打入了牛棚。

一見面，雲英介紹她自己說，她一輩子從沒離開杭州，連近在咫尺的上海都沒去過。這在那個紅色年代是難以想像的，難道席捲全中國的紅衛兵串聯活動她都置身事外了嗎？現在又動腦筋，想出國，這不是有點奇怪嗎？受人之託，我心裡存著這個問號。不過，這個問號，沒半天，便釋然了。雖然初次見面，我完全相信她用不著說謊，她是我見過的大陸女子中最不「大陸」的女子，外形給人的感覺就一見難忘。那時代的大陸女子，基本分為兩大類型，一胖一瘦，胖的都顯浮腫，瘦者則乾硬，雲英屬於後者，但跟這兩類人不同的是，她雖瘦卻毫不枯燥萎黃，好像汲取營養無須外求，內斂而自足，別有一種滋潤。皮膚下固然隱約可見淡青血脈，卻似深秋紅楓，葉脈與葉色渾然一體，反把她的膚色襯出一種幽幽的光輝。一旦看到這種只能在暗淡背景中顯露的光輝，她的五官四肢身材體態便讓人覺得特別舒服，就像在博物館觀賞玻璃櫃中珍藏的古瓷，一面被深深吸引，同時又不免擔心，如此稀有又如此脆弱，能永遠留住嗎？

同遊一天之後，我的印象更讓我自己都不敢相信了。這樣的年代這樣的地方，怎麼還有這樣的人活著？大概要到若干年後，在香港的雜誌上讀到《傅雷家書》和楊絳的《幹校六記》，才算是有些理解。

我們三個人，由雲英帶路，在西湖玩了整整三天。三天裡，雲英主張，名勝古蹟就不必看了，雷峰塔倒塌未修，岳王墳遭到破壞，封閉了。靈隱寺只剩空殼，既無和尚，也無香火。蘇小小墓早就刨了。孤山梅花已謝，西泠印社殘破不堪。蘇隄倒是順路走了一下，季節已過，桃李無花，只剩煙柳，其實遠觀更好。恰好是六月天，我們就看了三天荷花。

也許因為還有生產價值，雖在文革動亂期間，西湖的荷花保持完美。據雲英介紹，西湖賞荷，主要三個地方：別號小瀛洲的三潭印月，岳墳與蘇隄之間的曲院風荷，以及距離最近的白隄與裡西湖之間的湖濱馬路一帶。因為只有三天時間，我們就按照距離遠近，逐片賞遊。

三片荷塘風味不同。裡西湖一帶，須黎明即起，划小艇，過斷橋，繫舟孤山放鶴亭下，上岸入亭，躺籐椅上，吃軟紅藕粉，飲碧綠豆香龍井。早餐伴隨荷香陣陣，但荷香天色愈明愈淡，所以非早不可。天色未明，我們就在雲英事先安排好的碼頭上船了。

第二天遊小瀛洲，上岸後，過九曲橋、十字亭，便可見處處葉田田而花亭亭，最意外的是，湖樓上，陳承鋆所書名聯「四面荷花三面柳；一城山色半城湖」居然逃過浩劫，只是字跡略顯剝落。那裡吃到的熟藕，藕孔中塡滿糯米，蒸熱後切片拌糖，鬆軟可口，有一股清香。

終於在第三天出遊的曲院風荷見識了雲英特別推薦的「並蒂蓮」。我們看到的不多，而且，都是粉紅品種。她說：杭州人一向把一枝兩蕊的白荷看得最為珍貴，只可惜這幾年，稀有品種不知怎麼的，好像知道世道人心似的，都拒絕開花了。

三天相處中，這可能是她說過的最激烈的話。即便帶著些抱怨的語氣，聽到後，並不覺得刺耳，反而有點像檸檬茶，微微的酸味，更覺雋永。

歲月蹉跎，文革時代的西湖遊，雖然短暫，卻永遠有個不可磨滅的印象：一想到西湖，眼前便是荷花，而雲英與荷花，尤其是並蒂蓮，彷彿無分彼此，成為融合的影像了。

然而，正因有此自覺，西湖別過之後，便主動減少了跟翔和的聯繫，即使他找我，我也盡可能推託，不久就不再來往了。但我確曾收到過雲英的兩封來信。第一封只是平常問候，我沒回。不久又收到一封，這封信，我至今還保留著。

終於聽人談起，翔和費了九牛二虎之力，一直鬧到最高層，才獲得批准。至於他們的婚禮和婚後情況，我都不太了然了。

現在重讀雲英的那封信，發現字裡行間，隱約埋藏著一些消息。

信一開頭便提到：「杭州數日相處，談得非常投機。」當時以為只是客套，不曾往深處想。讀到翔和的那一段，更加明白。她寫道：「我跟他好像不是一類人，也對他的直來直往脾氣，有點害怕。」

那麼，她確實是在何去何從的重要關頭，試探著，向我求援了嗎？

可是，我也自問：我能夠像翔和那樣，不怕任何困難，一往直前，不達目的，死不甘休嗎？

我相信，我大概是做不到的。所以，這封信，我也沒回。

我跟雲英，後來又見過兩次。

第一次，是她嫁給翔和的不知多少年之後，我鼓起最大的勇氣，到醫院去探望中風病倒後坐在輪椅裡面的翔和。雲英送我出來，我們在那個病人曬太陽的長椅上，坐了幾分鐘。那幾分鐘，真比一生還長。兩個人都沉默著。然後，她說了這麼一段話：

「現在，我總算可以愛他了。他是那麼無助，完全沒有希望。」

我心裡不覺絞痛，卻什麼也沒說。

再一次見面，是在海外華文報紙上刊登了華人圈為之騷動的「自殺殉情」新聞之後，就在雲英、翔和的共同葬禮上。棺中的雲英，化了妝，白裡透青的臉上，雖略施脂粉，仍然像一朵純淨素白的荷花。

既無天災，也沒有人禍，那兩天，「殉情案」成了頭條，著實取得轟動效應。記者的生花妙筆，把一對老夫妻的非自然死亡，渲染得淒豔絕美。警方的調查報告，似乎配合著這種邏輯，現場沒有任何掙扎痕跡，兩人的胃液，都查出致命劑量的毒藥，來源毫無疑問是翔和，他原是化學專業。遺書雖是翔和一人的手跡，但雲英確在書尾簽了字，因此根本排除了他殺嫌疑。

報上翻印了遺書，字跡看來相當冷靜，反映了決心。內容也簡單，只說：我倆自願結束生命，與他人無關云云。我相當肯定，雲英簽字時，也一樣冷靜。

然而，這個「殉情」的說法，我無論如何都難以接受。頭條新聞，從來不問也看不見新聞背後那隻巨大無形的手。而我，卻像一個小孩，第一次看見玻璃酒瓶裡帆桅齊張的海盜船，不能不問：這條船，怎麼開進去的？

這是完全看不見任何外傷的死亡。海盜船進瓶、張帆、封瓶，應該有個過程，這個過程，必然複雜，必須準確，我無法理解。

雲英沒有留下任何遺言，一切無法追尋。

我不知道他們的最後一夜是怎麼過的，不過，我的感覺自己很清楚，這些日子來，我經常看見，雲英的頸部，留有化妝難以掩飾的指痕。

是翔和的手指，也是我的。

二〇一〇年十二月五日初稿
二〇一一年一月二十八日修改
二〇一二年八月二十日定稿

老龔

我不能確定，老龔跟我，算不算莫逆之交。但我們曾經共過患難，而且，在彼此長期交往的過程中，雖然從不通信，卻總是想方設法通個氣兒。只要到他的地盤，雖然有別的朋友，首先想到的，必然是他。同時，我相信，如果是他，肯定也一樣。

這是一種什麼樣的交情呢？

好像三言兩語說不清楚。

先說說那兩年共患難的經過吧。

七〇年代初，我在紐約某國際機構服務，由於業務上的聯繫，認識了北京外交部派駐紐約的老龔。

我們之間的來往，純粹基於職務需要。見面寒暄，也許繞點彎子，很快便進入主題，談完再見，根本不會涉及任何公事以外的私人感情。因此，差不多一年時間，我們維持著職業上的對口關係，我只知道他有點山東口音，他知道我老家在湖南，此外一概不知，他不談自己，我也不問。

所以，雖然常常接觸，交朋友的念頭從未出現。他呢？更不可能動念吧！可是，來往多了，似乎有種感覺：文化歷史背景南轅北轍的兩個人，卻不難溝通，有時候，甚至可以說，還有點默契。我很容易揣測他的底線，他也會突然說出我尚未準備開口的話。因此，當這樣的事情發生時，彼此不免莞爾一笑。

也許，跟我們的職業性質有點關係。

事實上，我們第一次接觸，雖然處理中毒事件，難免緊張，但整個過程，還稱得上輕鬆愉快。

那時候，他們進駐紐約不久，突然一天，我的辦公室收到報警電話，由於我以前經手過類似的案子，加上我的台灣出身背景，語言上容易溝通，這任務自然落到我頭上。

老龔領我仔細檢查了他們的食物和飲用水流程，從採買的市場來源到廚房的操作，都徹底清查，看完中毒者的診斷報告，我很快做出結論：這起中毒事件，與他們暗中懷疑的「蔣幫陰謀」完全無關，其實不過是水土不服吧了。那些年，不少國家的代表團人員，特別是亞非拉落後地區的，初來乍到往往發生這種意外，內臟消化系統不適應，加上陌生、焦慮和勞累，不免腹瀉、嘔吐、頭痛、發燒，當然，一下子倒下十幾個人，怪不得他們疑心重重了。不過，這種情況，是不是跟文革期間的普遍營養不良有點關係呢？

我還擔心，老龔如果知道我是在台灣受教育長大的，豈不更要胡思亂想？好在，究竟是北方漢子，又是幹我們這一行的，不該問的，不會囉嗦。

那兩、三年的接觸，基本都是公務，但相處日久，彼此更熟，也有些「出軌」的地方，例如有一次，他便像是開誠布公又帶點玩笑的口吻說：要不是你多少有些湖南口音，真以為你是潛伏的呢！

沒料到，湖南口音竟然有這麼大的潛移默化作用，也許是那幾年的毛主席威望影響的吧，我想。當然，這也讓我明白，他們早就把我的底細摸透啦。

不久就發生了周恩來病故、唐山大地震、毛澤東死亡等一系列重大事件。

我跟老龔之間每隔三、兩天必見的例行公事忽然斷線了。

他不再主動聯繫，打電話過去，也不接，不但他不接，連接了電話的人，說話都有點莫名其妙，就好像一切公務都停頓了似的。偶然也會在我們大樓的電梯碰到，除了客套，啥也不說。就是到他們主辦的紀念會場，連點頭都十分勉強。

這個悶葫蘆，要到四人幫被捕，正式宣布「撥亂反正」以後，才算揭開謎底。

我們在酒吧見面，那天，絕無僅有，他搶著付帳。

「生死交關呢，成天抱著短波收音機聽消息，哪有閒工夫跟你聯絡，你不介意吧？」

在紐約的花花世界裡，誰想得到，那段時間，中國幾乎發生內戰！

真正教我吃驚的，卻不是這個。

或許是酒精的作用，也不一定，總之，忽然撂出來這麼一句沒頭沒尾的話：

「咱們這個黨，是不是落伍了？怎麼換個頭兒都得鬧到險些兒全國分裂的地步？」

我不好說什麼，心裡還是不免一動。

現在回想，那不就是我們之間友誼的開始？

我們所共的「患難」，性質確實有點特別。

我的祖籍原是湖南醴陵鄉下的大戶人家，世代官宦書香門第，累積了不少田產，解放後，祖父給劃成大地主，土改期間遭到殘酷鬥爭，家業全部沒收，自己僅以身免。更由於我父親跟國民黨去了台灣，歷次運動都得受罪，終於在文革初期自我了斷。

所以，從私人方面說，共產黨不啻是謀殺我祖父的死仇。

然而，我的公務立場呢？他們卻是我的服務對象。

老龔的身分和處境，恰恰相反。

魯東山旮旯裡出身的佃農，餓得半死的狀態下給共產黨的游擊隊救活了，就這樣一輩子跟定了解放軍。解放軍給他飯吃，教他認字讀書，給他工作，給他希望和理想，直到退伍復員，又在黨的照顧下，接受培訓，參加了保安工作。如今，他面對的我，從他的理解來說，不正是壓迫剝削他好幾代人的階級敵人嗎？

奇怪的是，一旦明白了彼此的身分，不但沒有仇恨，反而成了可以坦白交談的唯一朋友。我服務的單位，沒有人能理解我胸中無法清理的家國歷史恩怨情仇。老龔呢？他那時候的滿肚子狐疑，也沒有任何人談，更不敢跟任何人透露。只有我，他的階級敵人，知道他在想什麼，也只有我，能夠分擔他心頭的重負，而且，我又不屬於他那個圈子，不必擔心我出賣他。就因為彼此的生活環境裡都找不到可以真正談心的對象，兩個階級敵人居然成了患難之交。

由於工作上的需要，我們每隔幾天碰頭，正事往往三、五分鐘便可解決，剩下的就是我們稱之為「娛樂時間」的談心了。

這種談心的方式，現在回想，卻有點詭異。因為我訂閱了不少香港的半政論半野史性質的雜誌，我們的話題常常就從那些雜誌的某篇內幕報導展開。那些雜誌，他不可能帶回去閱讀，所以，我們的談心過程，首先要有個半小時到一小時的沉默時間，他讀，我抽菸喝咖啡，大家心照不宣、互不干擾。我的頭腦裡，不免轉著一些念頭：他會怎麼反應？會懷疑我在設法影響他嗎？而我最關心的還是，事情的真相究竟如何？他能一本誠實，幫我澄清疑慮嗎？最詭異的是，彼此都可能懷疑對方的真正用心，但誰也不揭穿，好像頗珍惜這種略帶扭曲的關係，享受它的過程，越長越好。

那確實是個波譎雲詭、暗潮洶湧的時代。兩條路線的鬥爭雖然勝負已決，然而，到了柳暗處，卻不見花明。誰都判斷不了，中國最終將走向哪裡？兩個按照常規定義原屬仇家的人，在歷史的無形壓力下，相逢一笑，度過了不算太短的一段「娛樂時間」。

但是，我必須承認，即便是患難之交，談多了，也會發現，彼此的底線，永遠不可能超越。

有一次，記得是中共中央宣布在深圳成立經濟特區不久，我的說法，碰撞了他的底線，如此強烈的反應，出乎我的意料，他宣布：

「去你媽的蔣介石！共產黨用得著學他？我告訴你，鄧小平說，咱們要摸著石頭過河，肯定是人類從沒幹過的偉大事業，你等著瞧好了！」

不記得那天怎麼收的場，但多年之後，讀到劉賓雁有關東北某高幹的特大貪汙案報導，我怎麼也忘不了他那種既不願表達又無法隱藏的黯然眼神。

天安門事件後不久，我們失去聯絡。老龔突然不見了。

接替他的那位幹部，雖已中年，我卻要叫他小丁，是個守口如瓶的人，無論我怎麼問，他只交代，老龔奉派回國，至於去了哪裡，在哪個崗位工作，我再三追問，都沒給任何答案。

我以為這輩子再也見不到老龔啦，他會不會進了秦城？或押送青海？那一陣，別人只關心北京青年學生通過香港地下渠道的逃亡生涯，我卻始終惦記著一個中共老幹部的生死存亡。

我的國際公務員生涯，後來也就乏善可陳，不過是簽到畫卯、等因奉此，渾渾噩噩地混到了退休。跟老龔的那段交往，回想起來，不免只是當時已惘然，而今卻更此身雖在堪驚，不知道究竟應該如何追尋如何評論了。人生遭際無奈，世事變幻無常，老龔便在我的記憶中，像老照片一樣，日漸模糊了。

不過，人間事，也偶有不按常理出牌的時候。

兩年前，我前往北京看奧運，居然在地鐵站巧遇小丁。

更意外的是，他還主動跟我提：

「您不是老惦記老龔嗎？他下崗啦。」

然後，給了這麼一條訊息，只有大約的住址，電話什麼的，都沒有。

當天晚上，好不容易擠進鳥巢，劉翔虛晃一招，試跑兩次退場，全場譁然，我也跟著起鬨。什麼玩意兒，要騙又何必如此面面俱到，廣告費到手才透露實情，這是哪門子的表演藝術？

第二天，索性不看了，我搭公交車往頤和園，在西城區轉了大半天，都找不到老龔的家。心想，這個小丁，真夠糊塗的，既然要透露消息給我，就該打聽清楚，至少也該留下個查證的線索，匆匆忙忙，只說「您就從某某街往東，朝北三條街，倒數第二個胡同進去，一問就知」，就跳上車走了，連他自己的電話都沒留。害我拐過來彎過去，問誰也問不出來，只好自認倒楣。

幸好那天天氣晴朗，又恰好就在頤和園附近，就百無聊賴地進園瀏覽。

那艘據說是慈禧太后挪用海軍軍款建造的石船附近，沿昆明湖岸，柳蔭下，有一片寬廣的石砌步道，陽光下，不少退休老年人，用一種布條或塑料帶製造的巨筆，沾湖水在石面上練習書法。這種書法挺有意思，書者直立慢行，邊寫邊退，寫完一句，前面的大字已經快要蒸發消失，但仍然隱約可見，不過，不到幾分鐘，代替紙面功能的石面，復原為一片空白，又可以用了。我正在想：這不是不立文字的禪宗心法嗎？忽然發覺，老龔就在那群老人中，正在慢步揮毫呢！

跟老龔重逢，無疑是近年來最欣慰的事。他老伴端出來家傳絕活滷牛肚，我們倆痛快喝乾一瓶二鍋頭。可是，他的底線，我還是破不了。

「這麼看吧，」他說，嘴裡還嚼著花生米呢：「這是咱們兩岸共同創造的奇蹟，你們的開拓實驗，固然功不可沒，若無共產黨的組織、規畫和魄力，哪能崛起呢？」

「那腐敗貪汙、貧富不均等等，你怎麼說？」

「沒事，共產黨一定有自我完善的能力。」

還是那句話：你等著瞧吧！

至於他自己這麼些年究竟怎麼過的？絕口不提，只含混暗示：要革命，能不走點彎路？能不有點犧牲？

揮手道別，已是夜深人靜。

他堅持送我到公交車站，這時候的車子沒多少人擠了，很快在窗口找到了座位。回首，路燈下，老龔的滿頭白髮，彷彿反射著神祕的光，相對想到如今已是童山濯濯的自己，不覺有些嫉妒呢！

二〇一一年三月七日初稿於台北大蘋家五樓

三月十五日修改

二〇一二年八月二十日定稿

訪舊

這一帶，還是陰沉沉的，跟記憶中的過去，沒什麼不同。

會議尚未結束，但對我而言，已經結束了。明天還有些議程，討論下屆會議的籌備事宜和一些事務性工作，大可不必參加，然而，這意外得到的一天，如何打發呢？我從沉悶無比的會場裡出來，嘴裡叼著菸，漫步回旅館途中，腦子裡面，滿奇怪的，出現了這麼一個意念：要不要去看看他？

這個突如其來的意念，自己都很吃驚。

斷絕來往，都多少年了，簡直算不清楚。事先完全沒有預警，更無任何安排，能這樣搞突然襲擊嗎？此外，誰知道他是否仍住原處？見了面，會不會不認人？甚至，人是不是還活著？都不甚了然，這個意念，豈不是太荒唐嗎？

然而，一旦有了這個意念，便像著魔一樣，怎麼都驅之不去。是這個地方不明所以的什麼東西，在我不再設防的靈魂裡，起著作用嗎？究竟是生活過十年的地方，喚不回來的十年！

等回過神來，已經站在那個曾經熟悉不過的門口了。

迎門露臉的，不是他，而是我想都不曾想過的她，我的前妻。

她的眼睛，依然沉靜，像黑布完密遮蓋身體其餘部分的穆斯林婦女。看她的眼睛，一切未變，偵伺、搜索、無從揣測，歲月沒有留下痕跡，連魚尾紋都沒有。

沒有回應我的「嗨」，只回身向屋裡說：

「他來了。」

聲音自然，像風吹過樹梢。

他領我在餐桌前坐下。還是那張餐桌，居然從沒換過。無聲的風，在廚房、餐廳間走動，很輕，很快，桌面布滿酒菜，有我愛吃的醃篤鮮、蒜苗臘肉、三杯雞和紹子豆腐。給我斟了滿滿一杯威士忌。

他舉杯。

「終於等到你啦，上一次，前一次，每一次都為你準備了，這次再不來，又要等個兩、三年了。」
我所屬的那個學會，每隔兩、三年在這裡開年會。原來摸準了這個規律。因為腦子裡這次完全沒有她，才來成的吧，我想。
她始終沒上餐桌，布置完，便不見了。依然穿著藍底碎花夾襖。

婚後不久，摸熟了她的居家習慣，我知道，藍衫底下的胸罩，晚飯前就沒有了，她不喜歡束縛。我也不喜歡。那時候，還要好，飯後有個馬丁尼時間，她依偎著，我的不拿酒杯的手，蛇一樣溜進藍衫底下，幸福感滿溢。
分手後，立即出現，拖得最久最無法捨的，便是這種幸福感。拖了很久很久，而且，彷彿自有其生命，每次陷入回憶，都有不同變化。素材越變越多，濃度不斷加深，到了根本無法與其他女人交往的地步。
然後，幸福感變質，轉化成屈辱。
養成了室內室外都喜歡戴上太陽眼鏡的習慣。好像戴上它，別人就看不見自己。好像從墨鏡後面看人，才能保持安全距離。

再來就是自咎。翻遍記憶的所有細節，具體爬梳每個細節的前後相關因素和流程，分析再分析，冷靜而理性，追查病因，像個負責任的醫生。

就這樣翻騰著，不知多少年。

三種感覺代表三個深淵，彼此的界線，往往並不明顯，有時你抬頭，他萎縮，有時疊羅漢，一道進攻，最過不去的，是突然什麼都沒有了。我不知道它們去了哪裡。只知道，下面是更無底的深淵，馬上就要下墜。下墜的方式有點特別，失重，頭下腳上，意識到，整個人，開始泡沫化，迅速墜向底層。一鍋沸騰的黑水，一波波煙霧冒上來。幸好，徹底淹滅之前，還能保留一點自覺，曉得吃藥已經無濟於事，得找心理醫生了。

奇怪的是。從來沒有恨，不恨她，也不恨他。

那時都剛受聘為助理教授，雖然不同系，卻門對門，租住在同一條巷子裡。

事情發生在我必須出國收集論文材料的那一年。她不願辭了工作同行。

一年後回來的當晚，發現藍衫底下，胸罩未除。她說：

「我跟他好了。你如果不願意，我就回來。但我不會快樂。」

這才發現，除了家具，屋子已經空了。

並不是笨到一年裡面什麼都蒙在鼓裡，幸福感誤導了我。

整瓶威士忌消耗到快一半，他才不再繞著彎子說話。

「想知道，這一次，為什麼決定見面？」

「沒什麼，」我說：「剛好有一天空閒，便來了。」

走出他們家的時候，夜已深了。他們堅持要開車送我回旅館，我堅持不要。路程確實不遠，散步的速度，最多半小時。

臨時起意，決定到附近海濱公園的長椅上坐著吸菸。

月下，浪花像一條條銀色緞帶，自遠而近，一條接著一條，輪流摔碎在眼前的黑色沙灘上。每一條緞帶，長短粗細造型不同，前進過程中，角度曲折變化不一，但結局完全一樣，都在接觸沙灘的片刻，摔得粉碎。同時，發出動人心魄的最後吼聲。

當初選定這附近租房子共營生活，就為了這片海。

也因為，第一次吻她，就面對這片海，就坐在這張長椅上。

抽完第三支菸，我站了起來，向海走去。
威士忌加上菸，我的腳步不免踉蹌。
眼睛盯著迎面而來的最長最亮的那條緞帶，腳下配合它的速度和規律。
一頭栽進浪花裡。
發現全身濕透的自己，石頭一樣，坐在淺海沙灘上。
整包菸都糟蹋了。
卻不怎麼想抽菸。
回到座位上。
從來沒有這種感覺。
海闊天空的感覺。
回到兒時的感覺。
幸福的感覺。
不是感覺，只是幸福。

能夠原諒自己。
真好。

二〇一一年三月二十一日初稿
三月二十八日修改
二〇一二年八月二十日定稿

信

收到老羅的來信，厚厚一疊，信只有一頁，卻附寄了一本複印件。正是做晚飯的時候，遂坐在飯桌前，一面剝豌豆，一面看。現在還堅持寫信的人，已經不多了。老羅大概是極少數仍然不願碰電腦的朋友之一，不過，他也不是經常給我寫信，難得收到一封，肯定有什麼重要事情吧！

信是這麼開頭的：

昨晚清理書房，無意發現谷崎潤一郎的《春琴抄》，記得是問你借來的，大概看完隨手一插，又糊裡糊塗帶回台灣，這麼多年，竟忘在書櫃裡了，現原物歸還。

忽然好像年輕了四十歲。然而，轉頭一想，物歸原主的這個看似無心的動作，難道還有其他用心嗎？

四十年前，我們都迷上了日本小說。老羅推崇川端康成，特別是《山之音》，我最迷的是谷崎，尤其是他的《春琴抄》。兩個人都覺得，如果能寫出這樣的作品，那，此生無憾矣！當然，所謂「這樣的作品」，彼此心裡，目標不一吧！

為了說服他，我要他仔細讀一讀谷崎的這個中篇。可是，他的讀後感很無情：二流作品，他說，不過是日本古典美與西方變態心理學的混合雜碎⋯⋯。我知道他讀的是美國人的譯本，英文讀起來，免不了隔著一層，所以，當我在哈佛燕京圖書館找到三〇年代的那個中譯小冊子，自然是如獲至寶。

想不到，四十年後，這個複印件，又回到我手裡。

看完而沒有即時歸還，是不是意味著什麼呢？

但我當年並未細思，因為，那以後沒多久，我們就分手了。我留在波士頓繼續博士學業，他卻迫不及待，趕回母校，應聘教書去了。

那次分手，對我們籌畫的「大業」，也有一定影響。說是「迫不及待」趕回台灣，其實有一個曲折過程。同讀研究所的研究生之中，選擇中西比較文學這一課題的，共有兩人，老羅和我，走的是一條路子。研習三年，院方的政策，決定只留一人繼續攻讀博士學位，另一位，他們有個說法，叫做「結業碩士」，意思是，送一個碩士學位，請你另尋出路。我不知道當局是怎麼選擇的，老羅曾對人說：我寫的是張愛玲，他選了個當代大紅人，魯迅如今在整個中國，地位如日中天，當局深謀遠慮，自然非選他不可！

這話傳到我耳裡，很不是滋味，但我沒發作，還是勉為其難，給老羅辦了個挺風光的歡送會。

那以後的一、兩年，我們仍然維持友好關係，偶爾也討論討論問題，不過，像以前那樣，談《春琴抄》或《山之音》之類，談到面紅耳赤的地步，那種慷慨高歌、推心置腹的日子，就一去不復返了。

我不禁有點好奇，當初他借書未還，究竟是真的忘了，還是他確有所感而又有所矜持呢？

信中有那麼一段，隱約透露一點消息。

「你還喜歡谷崎嗎？年紀大了，川端有些不耐看似的。」

其實，谷崎在我心裡，也早已褪色了。

反而，為了誰最好而爭執不已的那段日子，卻微微發光，成為業已泛黃的記憶中，殘存的珍珠。

想當年，我們的討論範圍，當然不限於川端、谷崎、芥川或夏目等日本作家，只不過，因為日本人終於得了諾貝爾獎，而我們最關心的中文世界，一邊彷彿自囚於現實，完全缺乏想像力；另一邊呢？也好不到那裡，抄襲模仿的程度，已經從文字、意象、句法深入骨髓，連夢境都好像是拾人牙慧。

那三年，每次談完心，真感覺像是天下大亂、風雲乍起、英雄輩出、捨我其誰，我們編織了一個共同事業：出一本《文藝春秋》那樣的雜誌；規畫了共同的理想：繼承五四，超越三〇年代，創造中文世界的文藝復興。

四十年過去了。事業變成遺憾，理想灰飛煙滅，剩下的友情，也不免千瘡百孔，是在歲月磨損、人事全非之後，終於回歸原諒的心情中，勉強支撐著的吧！

我把剝好的豌豆，送往洗碗槽，沖水，瀝乾，倒進盤子裡，在圍裙上擦乾淨手，等老妻下班回來烹煮。接下來，我問自己：她電話交代的，還有什麼忘了？

重又在飯桌前坐下。向晚的天空，有一抹紅霞。

也許，我現在想，那一年，如果我委屈一點，我們的「大業」，是不是還有挽救的機會？

那一年，就是我終於交出論文、通過口試，正式取得博士學位的那年，應該是三十五年前吧，我面前擺著兩條路：應聘到加州一座州立大學去教書，或者，放棄美國，回母校。

我給母校的文學院長寫了封情真意切的信，同時提出了一些計畫和構想。當然，我也告訴他，我在美國並非沒有出路，意思很明白，我回來，是要做一番事業的。

結果頗為意外。

文學院長的回信，除了表示熱烈歡迎之外，只相當官僚地說明了我的職等、職位和待遇，其他一概未提。

不久又收到老羅的信。

那封信，有點怪。我就是到今天，還是不十分明白，他究竟想說什麼。

關於我回國後的改革計畫，他一字未提。這還可以理解，也許文學院長壓根兒沒讓他看吧。這自然也怪，因為，我們倆當年出國深造，就是院長長期發展院務計畫的重要組成部分，原寄望我們兩個大弟子學成歸來，大展宏圖的，現在，藍圖即將實現，怎麼可能把如此關鍵的信息瞞著呢？更怪的是老羅的滿紙荒唐言，整整五頁，全在暴露台灣社會的荒謬無稽，母校的死氣沉沉，院內的人事傾軋，和系裡面剛奪了大權的少壯派，如何卡位、排除異己和陰謀陷害他的事實，傳言、誣衊、派系、黑函，種種是非，不一而足。

他是要我不畏艱險，毅然歸來，跟他結盟嗎？

這一點，我又不太敢相信。要知道，老羅先我五年回國，雖然當初是多少迫於無奈，卻也因此占了先機。那幾年，恰逢母校的師資青黃不接，回國服務的歸國學人特別吃香，五年內，老羅已經升任副教授，馬上就要扶正了。而我呢？按照現在的規定，卻要從助理教授起聘。

不能說我好歹給他的信嚇阻了，要我接受低於老羅的位置，實在也有些心理障礙的吧！

這事情的真相，要到又一個五年之後，才大白。

那一年，我執教的州立大學，收了一名台灣博士後研究生，就叫他小明吧。

小明後來成為我親自指導的學生，關係深了，才向我透露：那一年，系務會議，討論聘老師回國的事，他作為新進的講師，也參加了。羅老師的發言，有決定性影響。他認為，老師是魯迅專家，不是剛發生台大哲學系事件嗎？系裡是否要冒這個風險？應該慎重考慮。最後的決議是，把情況上報，讓上面決定。

老羅的信，最後是這麼結尾的：

「邇來兩岸息爭，文化交流隨時提上日程，我等正在籌畫召開『魯迅文學研討會』，並擬廣邀對岸學者與會。吾兄為海內外知名魯迅專家，著作等身，豈可不現身說法？我已向主辦單位提名。」

啊！差一點忘了，老妻不是囑咐，把凍箱裡面的五花肉早點拿出來解凍嗎？都快六點啦，怎麼到現在才想起來！

西天的紅霞，漸漸暗了。

林子裡，響起了歸鴉爭巢的聒噪。

二〇一一年二月三日初稿
二〇一二年八月二十日定稿

珊瑚刺桐

他倒掛在芭樂樹橫枝上，像隻蝙蝠。膝關節的內面凹槽，大小相若，恰好抓緊橫枝，小腿平伸，大腿垂直，約莫九十度，他的上身、兩臂和頭顱，鐘擺一樣，微微搖晃，他感覺他的萬千煩惱絲，全面散開放鬆，幾乎觸地，又被風吹起。對面的大蓮霧樹，也在倒立。葉海中，一隻繡眼金翅雀，穿掠綠蔭，扔下一串銀鈴。

膝彎的壓力，漸漸消失。蝙蝠進入休眠。

雖然早有預期，見到弟弟的時候，仍不免心痛。

首先覺得難受的是他的步履，大學時代打籃球校隊的他，竟成這副模樣。在大門口接了，領他爬上三樓的公寓，就這麼短短一段距離，居然等他三次。雖然穿著長褲，卻感覺褲管裡面那兩條記憶中的飛毛腿，福馬林液浸泡的殘肢一樣，虛腫疲軟，爬不上一層樓便得拄著扶梯喘氣。他的眼睛，尤其怕人。跟他說話，好像看著你，又好像什麼都沒看，眼光散亂，焦點不知道哪兒去了。

姊弟倆，如今應該是這世界上最親的。才不過兩年沒見，已經跟陌生人差不多了。這是怎麼回事呢？

兩年前，從台北給他電話。那時便有點聽出來，以前那種滿懷信心的腔調，忽然沒有了。追問他，又說沒事。聽人說，他把「九一一」後適時進場的紐約房產出清，連本帶利，全部投入正在風生水起的賭城拉斯維加斯，公寓樓、豪宅加上各類商品房，那不是孤注一擲，是第一桶金的大膽運作，台灣的所有親人無不期待，家族的第一位財閥，就將誕生。報紙上也在宣揚，拉斯維加斯成了華人移民的新熱點，華人經營的商圈建成了，紐約、洛杉磯的大餐館分店開過去了，華人超市連鎖店，開了一家又一家，連專收老人的所謂「成人社區」，都出現了華文廣告。

那次電話之後，雖然不免警覺，卻還是對自己深信不疑的那句話，深信不疑。

「大難不死，必有後福。」

這原是他的名言。全家人都慶幸。

老天有眼，他不應該再受折磨了。

電話鈴響的時候，他正躺在沙發上假寐。他跳起來，抓過聽筒，卻不是她，而是個略帶黑人腔的陌生男子的聲音。

「林書如先生嗎？」

洋人唸華人姓名英語拼音的標準讀法，有點遲疑，三個字音分別讀，讀得很慢，很小心，還是四聲不分，聽起來便更像寵物的暱稱。

「我們在她的皮包裡找到你的電話。」

「你們是誰？」

「德克薩斯州警察。」

三天前，他們大吵。吵到彼此再也罵不出更惡毒的話，她打了他一耳光，他本能反應，也打了她。

打完後，他立刻後悔，卻來不及了。

行李也沒帶，她開走了他們唯一的那部老爺車。

過一晚，氣頭過去，該會回來的吧，他想。

然而，一晚，兩晚，三晚，音信全無。

他開始有點慌。可恨的是，洛杉磯這個鬼地方，沒有車，什麼也辦不了。他給她可能會去的所有親戚朋友那兒打電話，就是沒報案。性情再剛烈，氣總有消的時候，他對自己說，大不了挨罵、賠罪，就是跪地求饒也未嘗不可。何必勞動警察？

現場的景色，只曾在某些西部片裡見過。

分不出是牧場還是沙漠。公路邊上有兩條向東西延伸無限長的鐵纜，隔一段距離，釘在木柱上，一上一下。籬內望不到邊，有黃草，有高高矮矮的仙人掌科植物，沒有水，沒有山，也不見牛馬。風颳著，偶爾捲起灰沙，夾帶著沿地面滾動的乾草球。

他望著乾草球出神。難道？這就是「轉蓬」？唐詩裡讀到過的？

他跟著警官走向事發後棄屍的地點，地上用白粉畫出的人形，就是他的妻子。

「你不能搭載那些豎大拇指的嬉皮，」警官安慰他，也在給自己卸責：「這些人，懶骨頭、吸毒、不信主，什麼都做得出來。」

他知道沒有破案希望，連聯絡的地址都無法留下。出門前，退了租，所有家當，都收在租來車子的行李箱裡。他不準備回洛杉磯，也不知道往何處去。

他把她的骨灰和少許遺物收進購物袋，放在駕駛座旁，這樣，便又像往蒙特雷半島度蜜月一樣，隨時讓她看地圖，指路。

老頭子的外貌，像他們說的「白垃圾」，頭髮不算長，剛到下巴，但因為稀疏零亂，又是乾草顏色，他覺得特別親切。

加滿了油，他跟老頭子商量。

「我沒有錢，你需要短工嗎？有經驗的。」

老頭子沒吭聲，回屋子裡拿來一碗湯，一包三明治。後來熟了，才告訴他：我也是洛杉磯來的，好萊塢混了半輩子，恨透了那裡的一切。

他的確什麼都會幹，加油、檢查機油、換輪胎、雨刷，一般的機械故障，難不倒他。本來在加州便打過這類工，駕輕就熟。他沒事找事做，沒客人的時候，他就打掃清潔，幫忙做三明治、做湯，有時候也賣賣香菸、糖果、汽水。得了如此勤快的伙計，老頭子不免高興。這個謎一樣的異國伙計，不必教，不必叮囑，居然還有個碩士學位。工資多少無所謂，工作時間越長越好，又從不要求休假。老頭子獨身，他也沒有家，背景截然不同的兩個人，表面上是僱傭關係，日子久了，卻如同父子。只是，這所謂的父子之間，彷彿有個默契，彼此的心事，互不過問。這是他留下來的主要原因。忙碌就是平安，唯一不好過的，是每天上工前那段時間，他從老頭子免費供應的破木屋窗口望出去，眼睛盯住那些隨風翻滾的乾草球，一個飛了過去，又來一個。

他不知道那些永遠滾不完的乾草球，究竟是什麼植物，他從沒看清楚，它們從不靜止。每天早上好像都有風，即使不大，乾草球仍然靜止不了。一個滾過去了，又來一個。他不知道它們來自何處，它們的終點站，他也不想知道。

到達紐約，他已經五十出頭，除了隨身行李，幾乎身無長物，然而，他的銀行戶頭裡，卻有老頭子遺贈的五十萬美金。

隨身行李裡面，有他妻子和義父的照片。

他用了其中的三十萬，在那時還不算旺的法拉盛紐約新華埠，買下一幢三層樓的磚房，自己住一層，另兩層出租。

他把妻子的照片擺在床頭櫃上。客廳火爐上面供養的，是他的義父。

他不再找工作。他現在已經不需要忙碌。

他也不想成家，為了打發時間，他考牌，拿到房地產掮客的執照。

不到十年，大陸移民蜂擁而至，新華埠的房地產成倍往上衝。

然後，他遇上了炒房地產「千載難逢」的「九一一」。果斷賣掉如今已是黃金地段的三層樓磚房，通過銀行貸款，在棄如敝履的華爾街周遭，建立了他的第一個王國。

三年後，「九一一」創傷漸被遺忘，資金回流，他賣去第一王國。轉手又到熱氣蒸騰的布魯克林部署第二王國。

拉斯維加斯是他的第三王國，規模已經像帝國。

帝國面對全球金融海嘯，超額貸款周轉不靈，全軍覆滅。

大安公園的東、西、南三面，靠近馬路，綠籬內，有一條大約六尺寬的紅土慢跑道，全長大約兩千七百多米。每天清晨，天還沒亮，跑道上便有做晨運的男女老少充分利用了。慢跑的人比較少，大概真正想鍛鍊的，都上南邊不遠的台大田徑場去了，因為這裡沿道布置了綠蔭，既無陽光直曬，又可聽鳥語，土也鬆軟，容得下兩、三個人並肩行走，有伴的，便可以邊談邊走，所以，雖叫跑道，卻是個頗受歡迎的步道。

姊弟倆，在靠近新生南路的步道中段附近，停下來。

「歇一會兒，」姊姊說：「我讓你看個東西。」

靠東不遠的斜坡上，立著一塊牌子，上面寫著：

「珊瑚刺桐，學名Erythrina indica Lam，又名龍牙花，原產西印度群島，落葉小喬木。唐宋以來，福建不少地方就已引種，特別是泉州，滿城遍植，故成該地雅號。據說《馬可波羅遊記》中，即以刺桐譯音為泉州代稱。」

一群綠羽繡眼金翅雀叮鈴鈴飛來，鑽進珊瑚刺桐，兩隻細腳勾著短枝椏，倒轉著身體，尖錐似的喙，伸入龍牙花筒吸蜜，不一會兒，又叮鈴鈴飛走。

「還記得嗎？小時候我們家後院的滿樹紅花，不就是這個？」姊姊說。

弟弟抬頭，他的眼光如今膠著在一串串辣椒形狀的猩紅總狀花序上面，突然找到了焦點。

「我不是老用芭樂樹枝做彈弓瞄準這些小黃鶯練習射擊嗎？」姊姊興奮起來了。

「可不是，越罵你，越要打，你就是不聽話！」說著，她掏出手絹，擦眼淚。

這是他跟她回到家後第一次說出的這麼長的句子，而且還帶問號。

「是我們高祖從泉州老家帶過來的呢，也不知第幾代了。上百年的老樹，前些年給『都更』鏟掉了，真可惜。不料這邊發現一棵。」

一個意念，浮出水面。

乾草球的終點，原來在這裡。

二〇一一年四月二十五日初稿
五月二日修改
二〇一二年八月二十一日定稿

喜林芋

這一生物，陪伴他，已經七、八年了。初來時，只有一枝二葉一芽，全長不到一尺，連根都沒有。整整兩個月，不死不活，毫無動靜，正在他準備丟入垃圾袋的時候，突然發現，那枝芽，依舊挺著，而且，好像比扦插當時，略微舒張一些。長期處於生死邊緣，居然仍在努力，心裡不免一動，他不得不肅然起敬了。

書架上取下一大本植物圖鑒，他在熱帶雨林的下層林叢類別中，找到了這株藤蔓植物的學名。又翻閱了《拉漢英植物詞典》，才知道中國人把它叫做「喜林芋」。

這個有點俗氣的名字，讓他意外歡喜。

出國以前，他在大陸做過散兵游勇，誰給飯吃就給誰打仗。當然，也有給綁了起來不得不打的時候，然而，無論如何，總有口飯吃。莫名其妙混到了台灣，莫名其妙，又混成了當地人眼中的「老芋仔」。比別人幸運的是，一位當醫生的小同鄉，給他開了一張青光眼的假證明，又教他如何作假，終於擺脫行伍生涯。退役後，靠著早已習慣的苦打蠻幹，讀完大學，接著申請到美國大學研究院的入學許可和助教獎金。他的人生階梯，是在結婚生子又拿到終身俸的那天，才徹底擺脫「老芋仔」的命運。

如今，二十年又過去了，卻突然發現，他從同事家裡剪來的這枝生物，跟他一樣，都是芋頭的同類。而且，「喜林」這兩個字，似乎也暗合他目前的心境。

他記得，若干年前，有次帶孩子去參觀博物館的中國書畫展覽。

孩子沒有興趣，匆匆晃了一圈，便拉著媽媽往樓下餐廳買漢堡包去了。

他坐在展廳中間的一條長凳上面，目不轉睛地望著那幅「古藤」，半天半天，捨不得走開。

那是一長條的橫幅傳統水墨，古藤沒有花葉，只有粗幹細枝，整體從左到右，虯結盤纏，暗暗湧現一股又緊張又從容的力量，像一條見首不見尾的巨龍。

這幅畫的印象，一直留在他心裡。

他想，喜林芋成長的七、八年時間裡，培養、修剪、扶紮的工作，潛意識裡默默指導的方向，大概就是這幅古藤。

他的書房朝南開著大玻璃窗，陽光每天掃過一面粉牆，雖然採光對一般植物未必充分，但可能恰好吻合下層林叢的需要。喜林芋的生長，一、兩年後，幾乎可以說是欣欣向榮。尤其意外的是，近根處的葉片，沒有絲毫裂隙，越往上長，葉片從中間的葉脈處，開始對生出裂隙，越高越多，葉片似乎累積了更多養分，葉面逐層增大，裂隙數目也隨之加多伸長。

有一天，他突然想通了。

熱帶雨林的樹冠，在高空連成一片濃蔭，下層林叢能夠接收的陽光雨露都得打上一個折扣。如果上面的葉片沒有裂隙，陽光無法順利照射到下面的葉片，根部的雨露自然也受影響。

即便有了裂隙，根部的受雨量恐怕仍然不夠。這或許是每隔兩、三輪葉片，便從藤條上抽出氣根的原因。這些氣根，同台灣常見的榕樹氣根不同，每一條都粗大得多，在整株龍形的植株上一一垂下，彷彿巨龍滿身長著美髯。

原來，這棵喜林芋的掙扎求生術，其精打細算的用心，跟他這個老芋仔，是沒有兩樣的。

這天，他因事路過，順便到了兒子的公司。

一年前送來的喜林芋，靠在天窗下的粉牆上，已經奄奄一息了。原是祝賀開張的貴重禮物，寄託著的深意，看來無人理會。兒子大概是忙著自己的事業吧！

兒子的所謂「事業」，老妻覺得，他一向不夠關心。這一點，他也知道。只是，即使知道，彷彿無從努力，這算是什麼「事業」呢？

一年前，他接到兒子特別設計的一份請帖，用紙十分講究，彩色精印，品味不俗，類似高檔次的Hallmark聖誕卡，又好像模仿著那種國際藝術名家捐贈給聯合國兒童基金會作為慈善用途的作品，還有點沾沾自喜的味道。打開對摺的扉頁，一面印著時間和地點，另一面只有一個英文字：FORGE。

她問：這個字，我查字典，不是「鍛鐵車間」嗎？什麼意思？

他懶得回答，問急了，才抛出這麼一句：你這個念文學的兒子，還不肯死心呢！她似懂非懂，卻喃喃自語：既然下海做生意了，又何必呢！

兒子開辦的，是一家代客設計網站的小公司。這個行當，大城市的年輕人，早已風起雲湧，你追我趕，賺不到錢了。他那個地方，一來比較偏僻，其次，新上任的州長，意氣風發，夢想改變「農業州」的面貌，突破金融海嘯悶局，把都會地區的剩餘高科技人口吸引過來，在傳統經濟領域之外，開闢稅收的新管道。這樣一來，原來窩在中學教文學的兒子，似乎聞到了一些「商機」，匆匆結合幾個玩電腦的朋友，上馬了。

「鍛鐵車間」的陳設相當簡樸，有一張他們自己動手製作的長方形會議桌，此外便是模仿都會辦公室的幾個擺放電腦的小隔間。當然，為了生意需要，還有些音響和攝像設備。網站設計不能沒有圖像和文字，「鍛鐵車間」的意思，兒子或許是要爭取客戶注意他們的藝術才能。「創造新的設計」，英文用語不就是forge a new plan 嗎？

他自告奮勇，去附近的苗圃買了一把花剪。

耽誤到這個程度，他明白，起死回生，只有一個辦法——狠！

喜林芋一共兩條主枝，從大約一人高的地方分叉，各奔前程，當初移植，他利用長腳透明圖釘和無色膠帶，把兩條主枝分別拉往高處，固定在粉牆上，並著意保留了委婉曲折的姿態，枝條帶動了兩側的葉片，傳達的運動感，是他潛意識裡的巨龍飛舞。加上無數條下墜的氣根，整體造型，不正是恰如其分地傳達著他們這一代拯救熱帶雨林的新人文精神嗎？

他手持大剪，把垂死掙扎的喜林芋攔腰截斷，然後，灌水，噴霧，再將盆內土壤重新鬆動，加上用水稀釋的薄肥。

兩個月之後，回到原處，喜林芋又恢復腰斬前的狀態。

他挑選所剩無幾的藤蔓，切下一枝二葉一芽，帶回老窩。

也許，七、八年吧。老芋仔的巨龍，或仍將重現人間。

二〇〇九年十二月三十一日初稿
二〇一二年八月二十一日定稿

冷火餘光

1.

坦白說，對於那種寂寞的、冷冷的、似乎不為什麼卻兀自發著光的東西，我確實有點情不自禁。讓我從那天晚上的經驗說起。

那天晚上，兩、三點吧，不知何故，突然醒了過來，怎麼都無法重新入睡。

夜暗深邃，我摸索下床，披上一件外衣，打開面向陽臺的紗門，跨了出去。

我決定不開燈。

眼睛逐漸習慣了黑暗。

然後，發現了光。

天空彷彿是條鱷魚，從無底的深潭裡浮出，泅過烏沉沉的水面，鑽進泥濘，爬進我的眼界。

零落的幾粒星辰，是牠的眼睛，閃爍著。

接著，我看見飛舞的光。在波浪起伏的黑色剪影上緣，飛舞閃爍，忽有忽無。

我意識到，那是前方不遠，參差巨木連成一片的樹冠倚伏蒼穹構成的剪影。我跟樹冠之間，樹冠與星辰之間，感覺上，幾乎等距。

然後，我在樹影的中段、低處和面前逐漸露出形體的灌木叢上下，發現了螢火，忽左忽右，忽高忽低，忽明忽滅。

那麼，接近蒼穹那一片波浪起伏的黑色剪影上緣飛舞著的，不也是螢火嗎？飛到那麼高的地方，螢火的光與星辰的光，呈現同樣冷的色調，看久了，竟難以辨別。

我從來沒有見過，那麼高的地方，居然有螢火飛舞。

是生存必需的嗎？是受到上升氣流推擁的意外結果嗎？或者只是因為，閃爍的光，總是向閃爍者靠近？

2.

按照預先的約定，他在半透明的上衣口袋裡，放了一包未拆封的新樂園，旁邊插上一支此地不常見的大鋼頭金星水筆，上衣大排扣，留著中間一粒，沒有扣上。

他坐在新公園露天音樂臺的第三排座位的最左側，面對舞臺的最左側。時間還早，周遭的人，不算很多，大抵是晨運和過路上班的。他細心觀察前後左右的人群。耐心等候。

對方不知道是什麼樣的角色，他無從知曉，也不想揣測。他只知道，那人來了，便跟著走。

他在來來往往的人群中，尋找一個胸口別著一枚青天白日徽章、右手戴著腕錶的人。別青天白日徽章的，也許碰巧還有。右手同時戴腕錶的，則絕無僅有。

他等了一個上午，又等了一個下午。沒有人主動來到他面前，問：「中央黨部，在哪個方向？」

來來往往的人群裡面，沒有一個右手戴腕錶的人。
他從此斷了聯繫，成了失舵的舟，無根的浮萍。
他換了幾個職業，南部、東部、都市、農村，憑感覺搜尋，終無所獲。
忽然一天，在瑞穗火車站的閱報欄上，看見一則消息。
破獲的匪諜案件被槍決的那一串名字中，雖然都陌生，卻好像感覺，那天失約的那個右手戴腕錶的，應該就在裡面。

3.

他們在冰冷的地上發現他已經凍僵的屍體。
那是一所由天主教修女們管理經營的異國養老院。
這年，由於經費削減，損壞的暖氣設備，始終拖著沒有修理。
突然提早來到的寒流，措手不及。
半夜，徹骨寒冷給了他最後一次求生的欲望。毛毯不小心滑落床下。他費盡剩餘的精力搜索，終於給自己身體的重量壓垮，倒在床下。
夜深人靜，值班的修女睡著了，沒有聽見他微弱的求救聲。

挨到天亮，他的心臟放棄掙扎。

他們找到了檔案。

申請表上面沒有填寫任何家屬的名字和資料。

聯絡方式那一欄，很奇怪，只寫了一個英文字：Party。年輕的修女表示詫異：怎麼這樣荒唐？什麼「派對」？到哪個「派對」去尋他的親友呢？

年老的修女說：不是「派對」，是「黨」。

不過，她也不解，當初接受這個人入院，居然沒有人質疑。

她趁人不注意，把那個字抹掉。

然後，填寫死亡證明書的原因那一欄，她寫了兩個字：自然。

——懷念瞿秋白、張國燾和他們的同類——

二〇一〇年六月二十五日初稿
七月一日修改
二〇一二年八月二十三日定稿

大年夜

「這個年，一定要熱熱鬧鬧！把他們都集合起來，好酒好菜，大家樂樂。」

他說話的口氣，雖然不像命令，但至少有點兒「想當然耳」的味道。

想得可美！我才懶得答理，心想，你們熱鬧，還不是要我累死。動不動七、八上十個人，就算簡簡單單包餃子吧，從買菜到洗菜、切肉，從拌餡到揉麵、擀皮，再加上事前事後滿屋子上下清掃，至少忙兩天！坐享其成的總以為，我哪件事不出力，幫忙？不都隨時聽從指揮調度，那你主廚的，又有什麼好抱怨的呢？

老實說，現在不是從前，任勞任怨，誰還願意當革命煮飯婆？

回心轉意是因為幾十年不見的婷娜突然來了電話，而且，居然興師問罪。

「你死到哪兒去了？怎麼連同學會都不來！」

這也難怪，我因為嫁了這樣一個人，有意無意的，跟老同學斷了聯繫，確實好幾十年了。

當年的校園裡，婷娜是個風頭人物，郊遊吧，大家拱她出面號召，舞會呢，沒她就覺冷冷清清。還有那麼一幫人，成天簇擁著，像是跟班，又像經理人，有人哄她選美，有的千方百計拉攏影劇界，非把她捧成明星不可，結果倒是出人意料，千挑萬選，卻嫁了個窮藝術家。

我跟婷娜同系又同寢室，自然而然，成了她的社交參謀兼戀愛顧問。

想當年，為了她，我這個婚姻志工，堅守兩項原則：文法科的，只要是油頭粉臉、伶牙俐齒，首先淘汰；理工科的，若是呆頭呆腦、手腳不靈，也請他站一邊。這樣一來，孤芳自賞的校花，身邊的人，竟慢慢減少了，正應了校園流行的那句老話：一年驕二年傲，三年拉警報，四年沒人要。她倒從不埋怨，直到畢業前夕，那幫人全散了，我也出國走了，她卻落了單。

她終於結婚的消息，是我第一個孩子誕生那年，才從台灣輾轉傳來的。

那以後，我們還是沒有恢復聯繫，這卻不能怪她，我這個呆頭呆腦的理工科老公，忽然心血來潮，竟然放棄自己的學術專業，搞革命搞得上了黑名單，成了台灣親友眼中離經叛道的恐怖分子。

接到她的電話，距離大年夜，不到三天。問她人在哪裡，才告訴我說：丈夫走了，她來美國兩年，一直住在女兒家，要不是聖誕節往芝加哥參加同學會，根本不知道原來跟我住同一個城市。

如此一來，過年就不完全是為了他跟他那批朋友，我也要婷娜來熱鬧熱鬧。好在臨時改變主意，也沒什麼，那批人，反正一叫就來。

婷娜第一個到會，究竟是老相好，一來就下廚幫忙。當然，幾十年不見，開門那會兒，彼此都幾乎認不出來，擁抱的時候，摸到她粗大的腰身，我的眼眶不覺濕潤了。

傳單一家第二個到，接下來，糾察、採買、鋼板三家人，陸續到齊。加上被他們叫成「聯絡」的我們倆，今晚，一如往常，還是這五家十個低頭幹活很少拋頭露面的實務派。當年因為分配工作成了習慣，不久就變成代號，就這樣沿用至今。

這幾年，老同志聚會，小孩漸漸不見了，越發感覺冷清。孩子們各自建立屬於他們那一代的生活圈子，有的更天南地北搬開去了，就是住在附近，叫也不一定聽，連感恩節、聖誕節都難得回來一趟，何況是農曆年，他們腦子裡面從來就沒有的東西。

餃子餡有鮮蝦，有豬肉，想到婷娜來美不久，難免不懷念家鄉，我特別從華人超市挑選了新進口的台灣特產高山高麗菜來配，口感應該不賴。本來準備喝紅酒的，想到婷娜，決定還是金門高粱。沒想到，這個決定，最後闖了禍。

紅酒跟高粱，目的無非一個：讓人進入微醺狀態。這些古板老革命，難得放肆，人不放肆，怎麼熱鬧起來？可是，高粱的速度快太多，究竟已非當年，酒精吸收能力退化，還不過九點，已有人東倒西歪了。

傳單最差，乾不到十杯，臉色發白，必須上廁所吐乾淨，才能勉強拚下去。看著他被老婆扶持的樣子，我覺得不能讓他們再像以前那樣藉拚酒來發瘋了，遂悄悄將卡拉ＯＫ機器打開。

想不到，婷娜的興趣比誰都高，而她的歌聲，還是那麼甜美。她真夠爽快，根本不用人催，也不徵求別人意見，很快便挑定了一大批老歌。音樂一響，她馬上跟上節拍，就是沒有其他人跟，一個人照樣投入。看來，金門高粱還是正確的選擇。
閉上眼睛，不看她的臉，彷彿又回到學生宿舍。準備出date的她，一面哼著流行歌曲，一面對鏡化妝。
第一首是王人美的〈漁光曲〉。這首歌，小時聽大人唱過，不太熟，只能輕聲伴唱。採買公母倆，歪在沙發上，我看見他們手心合著手心，輕輕打著節拍。鋼板夫婦，連聲叫好，還說：想不到靡靡之音裡面，居然有社會意識呢！
接下來是吳鶯鶯，我更不熟，跟不了。採買那裡，手不太動了。鋼板偶爾點頭，不時拍一下巴掌湊興。
然後是周璇。屋子裡的人，完全沒了反應，只剩下婷娜的聲音。到了白光的〈禿子尿炕〉，飯桌邊，頭始終枕在臂彎裡休息的糾察，突然跳了起來。
「夠了，夠了！」他大概不好意思面對歌者，翻臉向上，對著天花板，呼吼：「再唱這些調調，骨頭都要酥掉啦！」
屋子裡的氣氛，一百八十度轉彎。
開始還只有三兩個人加入，先唱〈小河淌水〉，再唱〈松花江上〉，唱到陝北民謠，有點熱鬧了，到了〈畢業歌〉和〈解放軍進行曲〉響起，東歪西倒的漢子和婦人，有的坐正，有的索性站直，全部拉開喉嚨，放情高歌。

這時候，輪到婷娜坐立不安，望著一屋子原來完全陌生的人，突然發現自己的孤獨，終於歪倒在沙發上，手足無措，目瞪口呆。

我悄悄拉住她的手。

革命歌曲合唱繼續進行。

現在，連卡拉ＯＫ都關了機，但見屋子裡面，一群白髮蒼蒼的老頭子老太婆，個個表情嚴肅，眼睛發亮，抬頭挺胸，好像腰裡插刀，肩膀上扛著衝鋒槍，義無反顧地奔赴硝煙滿天的戰場。

抗日愛國系列一曲曲唱完，接下去，便是〈我的祖國〉、〈社會主義好〉。直到每個人的聲音不免有些喑啞，才由當年擔任過指揮的糾察，搬出這齣壓軸戲。

每一次，至今維持著寬肩膀厚胸脯的糾察，總要用他有點生硬的廣東國語，儀式一樣，當眾嚴肅宣布：現在，讓我們為那些英勇犧牲的，唱一首歌！

（「犧牲」聽起來像「黑生」。）

婷娜聽清楚了開頭的兩個短句：起來，飢寒交迫的奴隸。起來，全世界受苦的人。

後面的歌詞，她卻無法辨認了。

送婷娜出門，已經是正月初一了。她問我：

「妳這批朋友，都是大陸來的嗎？」

我說：「不是。」

她又問：「你們唱的歌，我怎麼從來都沒聽過呢？」

我的回答，恐怕她也永遠無法理解。我說：「這些歌，台灣本就沒人唱，大陸過去只唱這些，唱了幾十年，如今也沒人唱了。現在還在唱的，全世界，就剩我老公這批糊塗蛋了。」

二〇一〇年二月十七日初稿

二月二十日改於洛杉磯

二〇一二年八月二十三日定稿

惜福

苦寒的冬日好像沒有盡頭。

直到這幾天，才似乎略有轉機，連續出了兩天太陽，草地上的積雪明顯稀薄了。書房面南的窗玻璃上，居然看見屋頂融雪溢流而下的水痕。

他的心情，不免舒緩多了。

早餐後，照例寫字，卻抽出久已不練的李北海《麓山寺碑》，仔細研讀，發覺他那個「福」字，所以特別好看，完全是因為他將右半邊的「人」、「口」和「田」三個單元，兩筆一口氣寫了出來，因而創造出一種美妙的動態。

擱下筆，低頭沉思。

難道，「人員」、「牲口」和「田地」，同在祭祀的莊嚴肅穆禮儀過程中，造就了祖先那種持盈保泰的原始宗教──「福」？

可不是，家家門上倒貼著的那個代表希望和期待的「福」字，根源竟在這裡。

他為這個發現暗暗興奮，不覺執筆模仿，一次又一次，還是怎麼寫都覺得寫不出李北海特有的那種神態。

擲下李北海，又從書架上找出李學勤。

這是一本發願已久但始終沒法讀進去的專業書。

冬天來臨之前，曾經立定志向。趁天寒地凍，且聚精會神。一定要把去年收集到的那幾本討論中國文明起源和國家形成問題的大書，硬著頭皮，梳理一遍。

活著，連自己的文化源頭都迷迷糊糊，未免慚愧。

然而，好幾次上陣，都敗下陣來。

就在他快要睡眼惺忪的時刻，突然傳來一聲毛骨悚然的尖叫。

「快來，廁所有白蟻！」

他發現老妻幾乎軟癱在廁所地上，同時知道，這難得心平氣和的一天，大概就此報銷了。

不得已，放下讀了幾頁卻不知所云的《青銅器與古代史》，捋起袖子，戴上口罩，往車庫儲藏雜物的架子上面，找出久已遺忘的殺蟲劑，準備打一場保家衛國的殲滅戰。

住在這個地區，白蟻是談虎色變的巨大威脅。

買賣房產，仲介商首先諄諄告誡：白蟻汙染的房子，千萬別買，後患無窮，價格一落千丈！所以，殺蟲消毒公司的昂貴服務，絕不可省，沒有它們開的證書，銀行一定拒絕批准貸款。

然而，當初選購，賣方雖然提供了必要的證明，他心裡仍不免猶豫。屋後緊鄰山坡，坡上有一片原始林，巨木成林的生態環境，看了固然滿心歡喜，老樹凋零，千年循環不已的枯枝敗葉，難保不成為白蟻繁衍生息的暖床。不過，那片林子實在太過癮，什麼風險都阻擋不了。現在，終於要面對現實了。

進入戰地之前，忽然心中一動。

也許，如果努力一點，「心平氣和」未嘗不可以設法挽救。

回到書桌前坐下，找出方才讀到的那一頁，夾上一支書籤。

這本書是中國科學院歷史研究所的考古學家李學勤先生的著作，相當專門，他的考古人類學知識水準，不過爾爾，原無可能完全掌握，所以決定硬著頭皮啃下來，其中有個心理過程。

他這一生，陰錯陽差，跟文字結下了不解緣。不但從小喜歡寫，後來連生活的來源都離不開寫。可是，寫了幾十年，一筆字，始終見不得人，直到退休，才覺得此生了結以前，非把字寫好不可，於是，發憤練習書法，漸漸成為晚年生活的日課。練書法又自然牽出一些讀帖的緣分，從趙孟頫、米南宮開始，慢慢摸索，逐漸發現了「北海如象」的味道，接著便從張猛龍走向北魏碑版，然後是漢隸秦篆，終至於青銅銘文和甲骨，也都無法抗拒。

讀帖而不問其文化歷史內涵，便如同瞎子摸象。這一層，自然不難明白。這就是李學勤、張光直和一大堆古史專著和考古報告登堂入室上了書架的淵源。可是，讀這些書，不久就感覺，一個惱人問題，白蟻一樣，鑽進了腦袋

為什麼直到今天，李學勤和他代表的一批學者，仍然用原始公社、奴隸社會、封建社會這一套詮釋公式？為什麼張光直和他代表的一批學者，又要堅持

遊團、酋邦、方國、國家這個漠視階級的理論組合？他自問解決不了這個矛盾。

書房生涯，如今竟好似有兩組白蟻，同時進攻！

白蟻的破壞力量，無堅不摧，巨宅華廈，天長日久，頓成粉末。

能不小心應付？

從書桌前站起來，他沒有立即走向殲滅戰的戰場。

轉身上樓，在廚房抽屜裡找到一只塑膠袋。

打開樓下廁所門，一股強烈的蟻酸味撲鼻而來，他忍住眼淚。

從抽水馬桶的底座附近，爬出來，成百上千的肉色小生物，緩緩蠕動，有的還長著翅膀。

他沒有噴毒，卻用兩根手指，將一些「白蟻」取樣，輕輕掃進塑膠袋。

電腦列印一份地圖，按圖索驥，找到了那家殺蟲消毒專業公司。

夥計接過塑膠袋，對著燈光，仔細研究。

「這不是白蟻，無害的，」他說：「春天快來了，牠們大概感覺到地溫漸漸變暖，要爬出地面找食物了……。」

樓下廁所，十幾年沒修，底座因為常年承受壓力，原來的膠泥變硬之後，開始脫落，出現裂縫。

這個節氣，室內溫度終究比戶外暖和得多，難怪這群小生物往這裡覓食來了。

他把殺蟲噴劑放回儲物架。廁所躲過一劫，殲滅戰改變方式。只須在肉蟻分布的周邊地帶，用腳猛踩幾下，牠們便迅速往裂縫紛紛逃生。等蟻群消失之後，再往裂縫澆上兩杯水，一切太平了。

回到書桌。

重新翻開書本。

窗外陽光分外明亮。

籬笆旁邊，一株垂絲海棠，滿樹冬眠芽，經過近幾天的陽光雨露，略顯飽脹，分明有那麼一絲絲綠意了。

兩隻紅衣鳳頭鳥，一公一母，互相追逐鳴喚，掠過樹梢，往藍天飛去。

攤開一張宣紙，他研墨寫下這首古詩：

卿雲爛兮，
糺縵縵兮，
日月光華，
旦復旦兮。

這幅字，也許尚無「北海如象」的味道，卻有點四平八穩的樣子。李學勤先生的文字，也好像不再那麼詰屈聱牙了。

二〇一〇年一月十六日初稿
一月二十六日修改
二〇一二年八月二十三日定稿

連根拔

親愛的羅先生：

很高興得到這個又一次為您服務的機會。我們紐約總公司的經理強尼特別交代，您三十年前就是我們的老顧客了，他說您現在的住宅就是他為您找到的。您在給他的電郵中提到，這次要在我們附近幾個小城找房，主要是為了住得離新生的孫兒近一點，以便就近照顧。我理解您的心情，因為我也是去年才成為祖母的。對了，應該先恭喜您的。

下面這張清單，一共開列十二幢房產，基本都是按照您所提的條件從我們的資料庫裡找來的。請您有空瀏覽一下，如果對其中的任何一幢或若干幢有興趣，我可以立即為您安排。如有任何其他問題，我也會盡快回答。

請隨時聯繫。

信後署名的是南茜。

這個南茜我記得。兩年前，兒子結婚，要買新房搬家，小夫妻倆前後看了不下五十幢房子才做決定，那個不厭其煩的掮客，不就是她嗎？有個週末，恰好在兒子那裡，也跟他們去看了幾幢，對這位家庭主婦出身的掮客，留下了不錯的印象。

關於買房子搬家這檔子事，老實說，找一位有耐心的掮客，恐怕是先決條件吧！這一點，我比誰都明白。

我大概不需要看五十棟房子才做決定。問題不是看多少棟，問題是，也許無論看多少棟都無法做出任何決定的。

那麼，又何必驚師動眾呢？

有這麼一個小小的過程。

兩個禮拜以前，我們開了四個小時的車，去看如今剛滿三個月的孫女兒。從她出生，到現在，我一共才看過這個孫女兒三次，一個月看一次，自然沒留下什麼深刻的印象。雖然是自己的第三代，嬰兒就是嬰兒，肉糊糊的一團，很難說有什麼讓人感動的地方。我老伴就覺得我這個人未免太冷感了，她說她連作夢都滿眼盡是孫女兒的影子，你怎麼一點骨肉感情都沒有呢？

這個，我既不便承認，也想不出否認的理由。

事情的發展邏輯，往往出人意料。

那天晚上，小夫妻應邀參加朋友的婚禮，老伴趁孫女兒睡熟，帶他們的狗出去遛，留下我一個人擔當大任。小夫妻平常有一套制度：女兒有她自己的睡房，一旦餵飽睡覺，就要讓她睡足，其間即使醒來鬧，無論如何都不能壞了規矩，絕不可妥協。他們認為：孩子不能寵，這樣長大，才可能養成有紀律的習慣，諸如此類。當然，意外的情況，也不能不注意，所以買了一個監測器，育嬰房的任何動靜，一目了然。

老伴出門遛狗不到五分鐘，監測器出現了影像。

開始，我謹記兒子兒媳的規矩，置之不理。

接下來，一分鐘好像一個世紀。

娃娃為什麼不睡了？什麼事讓她難受？吐了還是拉了？或者，什麼地方不舒服？感冒了？發燒了？

啼哭聲越來越反常，已經不是正常的生理要求，歇斯底里的程度，讓人聽了幾乎要發瘋。

於是，我做了一個完全違反自己常規的決定：開燈，把孩子抱了起來。

不到五分鐘，我就明白自己給騙了。

娃娃不但不再哭鬧，把塞在她嘴裡的奶瓶也吐了，而且，竟然用她的小手，抓我的鬍子玩。小小的、比我的酒糟鼻還要肉感的手，料不到還真有點力氣，甚至探索到我嘴唇後面那顆掉了未補的牙齒縫縫裡面玩耍起來。

結果不必說，反正我徹底投降啦。然而，真正擊潰我的還不是這些。那晚上，抱她在我膝上，面對著我這個糟老頭兒，居然笑了。說是笑，可能沒有人相信，三個月就會笑？可是，千真萬確，我第一次看見她笑，除了那個動作和表情，我發現，她其實是要跟我溝通，她有信息要傳達給我，她的眼睛在講話。我發誓，這絕不是一廂情願的「解釋」，這是事實，我想，我是透過那個動作和表情，從她的眼睛進去，第一次接觸到小寶貝的心。原來，小寶寶不那麼小，她已經是個完完整整的人了。

給強尼發電郵，就是那次回家當晚的事。

然而，事情發展到開始到處看房子，所有隱藏的矛盾，立刻表面化了。

首先，平常不覺得，一旦想到搬家，腦子裡面就好像爬滿了螞蟻。

這個家，怎麼搬得動？

剛住進來那一陣，老覺礙手礙腳，碰碰撞撞。屋子裡面，隔間不順，流動線不合理，通風、採光更差，廚房、浴室都得改建。屋子外面，也不順心，直到僱人砍了幾株危樹，重新布置了草坪、花圃，疏導了地下積水之後，才稍覺舒暢。

然而，幾十年住下來，這老窩便像長在自己身體上面的皮膚，簡直連毫毛都不能輕易移動了。

一想到要把每個房間裡面的東西全部整理、裝箱、交運，頭皮立刻發麻。

幾十年的生活習慣早已成為本能。這一帶，無論任何需要，買菜、購物、娛樂、運動、看病、抓藥，閉上眼睛都辦得到。換個地方便得從頭來起。

還不止這些。上個月BBQ，老黃就曾警告：千萬不能住在兒女家附近！否則的話，你的家就成了收容所，你也得二十四小時隨時待命……。

因此，沒有第二條路。要解決矛盾，就不能迴避矛盾，必須正面迎敵。除了全面抗戰，沒有第二條路！

所有的矛盾，到了老伴那裡，都不是矛盾。

「你趕快學會照顧自己吧！」她說：「孩子一天天長大，能夠忍心把她送給別人管嗎？我得跟她說中國話，教她念唐詩，培養她從小學會做人做事的道理，以後還得接送她上托兒所、幼稚園，學芭蕾，學鋼琴。」

才三個月大呢，已經有了第一個五年計畫了。

但是，我必須說，我的全面抗戰，絕不是因為承受不了這些壓力才忽然崩潰的。這十幾年，雖未必練就了火眼金睛、動心忍性的功夫，至少，每天不變的生活內容和節奏，早就遊刃有餘了。

我相信，下面這封電郵，也是「遊刃有餘」的作品。

親愛的南茜：

屋主既然接受了我們的條件，就請開始辦理必要的手續吧。我這裡也會盡快遞進貸款申請書。任何其他問題，請跟我們的律師聯繫。

謝謝你在長達兩個月的漫長工作中表現的耐心。

將來有一天，我會對寶寶說：你天生就會用眼睛講話的，三個月大的時候，爺爺就知道啦！

羅

二〇一〇年十月一日初稿
十月二十五日修改
二〇一二年八月二十三日定稿

貼梗海棠

簽字之前，忽然心念一動。

並不是留戀什麼，但是，自己的生命軌跡，總該珍惜。這麼多年了，該留下點什麼吧！然而，究竟要留下什麼，他其實迷迷糊糊，沒有任何概念。

律師樓是相當老式的那種，就是特意保持著上世紀三〇年代上國衣冠風味因此家具講究沉重但連打字機都還沒有電氣化的那種，不用說，猶太裔的律師，是戴著金絲邊眼鏡雖然禿頭卻滿臉永遠堆笑因而很難討價還價的了。

這是她選擇的律師，她覺得，價錢再貴也值得。她需要保護。嚴密的保護，錙銖必較。她的律師確實有能力滿足她的全部要求。

在他們這一州，合法離婚只能基於兩種理由：虐待（包括精神虐待）或通姦。他決定用通姦，而且自願當罪人，雖然，究竟誰是罪人，彼此心知肚明。司法程序上，這是最簡捷易辦的手續，律師說，除非你願意成年累月打官司拖下去，否則我建議用這個辦法申請。

看來不像是陷阱，反正，除了維持生活的最基本要求，他什麼都放棄。不過，在虐待和通姦之間，他還是猶豫了一陣，最後所以選擇通姦，只有一個理由：虐待如果是家暴，形象不太好。如果是精神虐待，豈不是更糟，連基本人格都維繫不了。既然到了這個地步，又有什麼好爭的，那就通姦吧。律師說，男方出軌最能博得法官同情，了斷最快，最省錢。就這麼決定了。

二十多年的婚姻，總該留下點什麼吧，留下什麼呢？

轉頭看見，祕書小姐的桌上，檯燈下，一盆紫花綠羅裙的非洲堇，寂寞開著。

他於是有了答案。

「鄉下門口那棵貼梗海棠，我要挖走。」他的語氣堅決。

「這是您的最後要求嗎？」律師問，手又一次摘下眼鏡，呵氣，擦拭。

「是。」

他說。

她點頭。

然後，他在文件末尾的合法全名下面，簽了字。

離婚後的兩、三天，心情像考完大考的孩子，發現自己現在做什麼都可以，什麼都可以做，成天興奮，頭腦裡面不斷湧出各種念頭，身體也好像得了熱症，然而，任何念頭都只能維持五分鐘熱度，結果卻什麼都做不出來，最後竟什麼也不想做。唯一完成的工作，就是開車到鄉下去，挖了那棵貼梗海棠，裝進盆裡，帶回城裡的統樓畫室，細細淋灑，瀝乾，擺在面南的窗臺上。然後，搬來一張摺椅，對著它，傻傻望著。

這株海棠，是大前年春天，他們剛搬到鄉下去的時候，動心選購的。他以為是梅花，學園藝出身的她，知道不是，但究竟是什麼，也說不出來。恰好苗圃服務的一位姓陳的華人技師，就是她的大學學長，問他，才知中文原名貼梗海棠，還給了一個英文拼出來的日文品名，叫做「Toho Nishiki」。他不曉得漢字，陳技師也不知道。絕妙的是，這株枝橫葉瘦的苗木，同株開兩種花，一半緋紅，一半水紅，每朵花都緊緊貼著枝梗，這種生態，雖跟紫荊類似，又有些不一樣。紫荊的花，好像永遠保持珍珠形，花瓣很少展開，因此只適合遠觀，隔上一段距離，這初春見花不見葉的紫荊，彷彿一團紫紅煙霧，越是看不真切，越好。貼梗海棠不同，花蕾也像珍珠，花瓣展開卻像梅花。貼在梗上的梅花瓣，顯得格外英挺，眼前面對，才能刺動人心。

買這株植物的緣分，是他們最終走上離婚之路的開始。

他發現她跟那位園藝師的關係有點曖昧，卻不知為什麼，始終不願揭穿。她對他的無端冷漠不解，也不想把問題攤開談，就這麼僵持了一、兩年，直到一件雞毛蒜皮小事引發爆炸。誰都不明白事態為何不能收拾，也沒有人主動設法收拾，似乎都有意讓多年來有氣無力拖著的婚姻，自動消失。

貼梗海棠一株二花，成為他這段婚姻生活的象徵。他望著它，絕非懷念，而是盤算，以後的路，怎麼走？

事實上，已經好幾年了，他畫不出來。

畫不出來的意思，並不是沒畫。他繼續有作品，畫廊也繼續代理，畫展照開，畫一樣有人收藏。但是，他覺得，那些只是生意。

恢復單身生活，最困難的是，每天必須解決三餐。

而且，這三餐的作業程序，從買菜、包裝進冰箱、解凍、洗菜、切菜到配料、煮蒸炒燉烤、上盤上桌，然後吃，全是一個人的事。當然，吃完收拾，也是一個人。

上餐館堂食外賣，雖然簡單得多，兩、三個禮拜之後便覺得，花錢也許省事，並不一定減少寂寞。尤其是，點完菜等上菜的那段時間，不免無所適從。

得學會自己解決問題。

他的實踐從一碗蛋炒飯開始。

幸好還記得母親的廚房動作，他也有點發明。

他的蛋炒飯不久就達到專業水平。

電鍋煮三碗泰國香米，水比標準略少一點。最好是隔夜飯，比較乾，一粒是一粒。先將切成丁的火腿肉油鍋煎炒微焦，鏟起待用，然後，打四個蛋，筷子攪開待用。宿飯放入油鍋翻炒加熱，等飯粒呈半透明狀時，將蛋漿澆在飯上，繼續翻炒至蛋飯不分程度，再撒上蔥花，加麻油、醬油，翻炒至所有材料渾然一體，出鍋上桌。

他用美國人習慣用於三明治的煙燻火腿午餐肉代替母親的傳統金華火腿，他覺得，效果不亞於童年。

三碗泰國香米炒出來的蛋炒飯，足以支撐好幾天。中間添上幾頓麥當勞、肯德基或比薩餅，往往一個禮拜就混過去了。

然而，他還是畫不出來。

他的畫，其實賣得不錯。

兩千年以前，他的畫，趁達康（.com）泡沫未破，熱銷。泡沫粉碎，他的畫市場，轉換地盤，在台灣的一批投資藝術品的財主中，找到了買家。

當然，年輕時苦讀英文，加上他的社會活動能力，不能說沒有一定的關係。歐美一些大城市的國際聯展中，少不了他。亞洲更是浪得虛名。

這幾十年，台灣、香港和大陸的年輕畫家，一輩接著一輩，飛蛾撲火一樣，給吸引到紐約這個世界最大、競爭最激烈的藝術品產銷基地。然而，他們大都是不開車、不講英文、離開唐人街便無法生活的人。能夠像他這樣名利雙收而又能在無論圈內圈外都備受尊崇的，究竟還是鳳毛麟角。在台灣的媒體上，被視為揚眉吐氣、為國爭光的藝術大師；在美國的繪畫市場上，被視為多元文化的亞洲移民代表，這種雙重身分，究竟是在什麼時候、什麼樣的機緣下，成為他半夜醒來無法驅除的夢寐，自己也不清楚。

唯一清楚的是，忽然一天，面對畫室牆上畫廊預付了訂金的大號畫布，他感覺厭惡。

或許是讀到大陸一位前輩的警句，或許是看到元代一位畫家的山水，他不知道孰先孰後，總之，那是刺激他決定到紐約北邊差不多一百英里的荒郊野外隱居的真正動機。他買下一幢廢棄的農莊，僱人改造成畫室。

他在日記上寫道：洗心革面。

四個字，每個字都跟著一個特大的驚嘆號。

下面有兩段文字：

·吳冠中說：歷史最殘酷，歷史也最公正。
·范寬、董源、巨然，還是王蒙？

他在鄉下隱居三年，唯一的成就是，離婚。

社會是健忘的。等到他回到城裡，不久就發現，除了幾個老朋友，誰都把他忘了。媒體換了新面孔，畫廊展出新風格，連過去最迷他的那些收藏家，態度都冷淡了。

幸好他終於解決了三餐，習慣了一個人從頭到尾料理一切的三餐。

他成天焦心苦思，不知道自己要什麼，怎麼要。他跑書店、上網、鑽圖書館，既不交女友，也不社交。格林威治村、蘇荷，不去了。東村和布魯克林那批開始冒尖的東西，也懶得管。時間無所謂，他有的是時間。

他把他的主要精力放在中國傳統藝術史上面，摸清歷代沿革和傳承，繪畫和書法之外，又延伸到陶瓷、青銅器、絲織、漆器、古建園林和小品文玩。

多次專程巡視北美各地收藏中國文物的大博物館，准許照相的，都留了紀錄。

如是兩、三年，還是畫不出來。

一個初春下午，獨自面對空白的畫布，抽完整整一包菸，喝完前夜剩下的大半瓶紅酒，忽然覺得周遭死一般寂靜。一縷白光從未曾封嚴的窗口漏進來，恰好照著含苞待放的貼梗海棠。

疏枝橫斜，剛灑水的枝條呈青黑色，即將冒葉芽的地方，錯落布置綠意，但花芽已然成形，緊貼粗梗，水紅和緋紅珍珠數十粒，螺旋參差排列。

必須找「梗」，我的「梗」。他對自己說。

那一年，是他破繭而出的一年。

他把統樓租出去，籌得經費，安排好旅程。

他看了武夷山，喝了鐵觀音。再到江西看龍虎山、三清山、廬山。

他在黃山和富春江一帶盤桓了幾個月。多年前，台北美術館安排他的個人展期間，曾經特許他看到故宮博物院珍藏的〈無用師卷〉。這一次，他花了不少力氣，透過特殊關係，終於在杭州的浙江省博物館，看到了黃公望的〈剩山圖〉。胸臆中的〈富春山居圖〉，完成了印象上的合璧。看完之後，他決定，趙孟頫、黃公望那一路，不是他要的。他要王蒙。那些山，東倒西歪，跌宕的岩石，藏著突兀，像喝醉酒，又像神經不太正常，這是他要的。用這樣的岩石和山，寫隱居這樣的題材，他拜倒。可惜他手邊只有一張榮寶齋的木版水印，原件雖無緣親眼目睹，也無所謂了。

偃舟在西溪濕地徜徉的那天下午。他得出結論。他心悅誠服的山水畫，應該有山無水。或者，水只能當襯托，只是配件，跟亭臺樓閣、草木人物一樣。

真正追求的，只應該是岩石，山的岩石，岩石的山。

本來，計畫中的泰山、華山、衡山，都不再重要了。

回到紐約，他畫出自己真正想要的第一張畫。用的不是水墨，也沒用宣紙。他知道，什麼道具，什麼媒介，什麼材質，關係不大。關鍵只在有沒有「梗」。現在，他的「梗」，就是他內在體驗的東西，像岩石，像山。具象或者抽象，也沒關係。關鍵只是心眼。

瘋狂投入工作一年，一張畫也賣不出去。

然而，他不在乎。

他知道，他的海棠，只要梗在，就有花開。

二〇一一年五月二十五日初稿

六月五日修改

二〇一二年八月二十三日定稿

孤鴻影

（重讀蘇東坡〈卜算子〉有感）

「老頭子又來了，怎麼辦？你去應付一下吧！」

正在書房用功，好不容易進入狀況，聽到老伴這個帶點抱怨意味的要求，我只得起身，向陽光普照的後園踱去。

游泳池旁邊的涼亭裡，滿頭白髮的霍金斯先生，兩手交疊在拄杖上面，背部有點佝僂，半低著頭，彷彿不在乎秋後不再溫煦的空氣，竟自睡著了。

我在他對面坐下，也許是因為移動椅子的噪音，突然驚動，他的問候，雖然禮貌周到，語音卻顯得不快。

「午安！」他說，「你們一家都好吧？」

老伴送來了兩杯熱氣蒸騰的咖啡。

這座涼亭，是霍金斯親手建造的。他現在坐的，就是他一向習慣的那個剛好可以一眼照顧全園的位置。這個位置，想當初的設計，就是要一眼看全園，不留任何障礙。我這才明白，剛才他的問候透著不快，很可能是由於他本能產生了這樣的意識：你怎麼又來打擾我呢？我從房子裡邊走過來，他背對著，我又一路經過草地，悄沒聲息，直到發現突然面前有人，他才從不知道什麼地方回到現實。

我的出現方式，因此是帶有侵略性質的。

幸好咖啡幫助解圍。我們的對話終於恢復正常。

老伴始終不能理解，為什麼房子賣給我們一年多了，這個老頭兒還是把這裡當成他自己的家，想來就來，說走就走，而她的丈夫，也好像完全不在乎？無論怎麼無理取鬧，還是和和氣氣，簡直像是欠人錢似的。

這實在是個很不錯的園子，房子以外，至少還有一英畝地。

這一帶，一英畝地以上的房產不算特別，因為學區不怎麼樣，農田又多，當地政府為了提高稅收，故意將新開闢的建地區劃成大塊面積，每幢獨立家屋的地產都要求在兩英畝上下。然而，地產大並不見得就能規劃成豪宅，有的地高低起伏，高處長滿雜木林，低窪處又可能是一片濕地，對一般家庭而言，有時候，地大反而成了無謂負擔。他當初決定出價買下，完全是看到這塊地的原主人，花了不少工夫，把接近兩畝的地盤整治得方方正正，平平穩穩，後園尤其難得，不但建游泳池，蓋涼亭，開闢了花圃，而且，東西南北到底，就像鋪滿了地毯，一大片綠羅裙似的草坪，配合上溫馨的陽光，實在讓人喜歡。

咖啡喝完，霍金斯先生清醒過來了，嘆了一口氣，站起身，告別。不料走出涼亭的時候，望著園外那一片白楊林子，又回頭跟我說了這麼一句：

「她騎馬從那兒穿過，還招手讓我跟上呢！」

乍聽還沒什麼感覺，繼而一想，不覺背心有點發涼。我知道，他老伴早在他賣房子的前兩年就過去了，就葬在那片白楊林子下面。那個騎馬人形，還在我腦子裡面晃盪，他卻若無其事地走了。

那片白楊林子，也是我去年決心買下這幢房子的原因之一。特別是時值晚秋，遍布丘陵地的天然白楊群，高高低低，粗粗細細，參差羅列。迎風搖曳的億萬葉片，尚未枯萎，但已接近油盡燈枯，只剩下純得不能再純的檸檬黃，掛在宣紙白的樹幹和土灰枝椏上面，索索發抖。

霍金斯先生夫婦一向最愛這片林子，是他親口跟我說的。

那天下午，沒有掮客在場，就我們兩個，也就在這座涼亭裡，為了房價談不攏，整個交易看來就要破局。

他突然站起來，跟我說：「來，來，我帶你看看這個，全世界最美最美的樹林。」

的確，從開始看房，到最後議價，這一路的過程，從屋子的結構、屋瓦牆壁的新舊，到煤氣水電供輸管道，甚至後園游泳池和涼亭的材質和使用情況，我上下裡外什麼都看得仔仔細細，就是這片白楊林，始終未曾留意。也不能完全怪我，檢查院子的時候，我的注意力都放在草坪是否健康？有沒有真菌感染？花圃是否管理得當？有沒有病蟲害問題？以及院樹是否離房基太近？樹冠是否遮去太多陽光等等從「看房須知」一類書刊上吸收的知識。而且，若是不坐在霍金斯習慣占據的那個位置，眼光甚至心情都調整到某個角度，那片最美最美的白楊林，還是會視而不見的。

一旦看見白楊林，我的發狠砍價心情立刻動搖，甚至跟我老伴說：我發誓下幾年苦功，在原來基礎上，更上層樓，不但要在游泳池邊上開拓玫瑰園，還要搞一批多年生草花圃。那片白楊林，不就是天生的「借景」嗎？

自此，兩方的議價，開始突破了相持不下的僵局。然而，最終的合同，霍金斯堅持，必須配上一個前所未聞的「君子協定」。

由於財力關係，我的貸款條件有一定的限制。那個「差額」，就由他提出的「君子協定」補足。

協定內容倒是相當單純，霍金斯要求：房子轉手之後，他保留隨時回來看一看的權利。

這個「協定」，我沒敢讓我的老伴知道。心裡不免有兩層顧慮：第一，要是讓她知道了，肯定是要抵死反對的，那房子也就買不成啦；其次，我也隱隱約約有些懷疑，老伴會不會藉此挑釁？人家怎麼對待老伴的，你呢？

霍金斯先生賣房子，顯然是在他老伴走了之後，經過一段為時不短的內心掙扎，才勉強決定的。他即使不說，我也知道。他們兩夫妻，在這座涼亭裡看白楊林一年四季的榮枯變化，少說也有二十多年了。二十多年前，還不到六十，他便急流勇退，把一生積蓄全部投資在這裡。他說，雖然少賺了不少錢，他一點都不後悔。

「我這輩子沒有比買下這個家更好的決定，」他在合同上簽完名後，抬頭對我說：

「我跟她在這裡度過我們一生最美好的時光，希望你們一樣！」

搬進附近養老院的霍金斯先生，有個固定的生活作息時間表。

每星期的一、三、五，下午三點左右，他便順著人行道散步過來。我們家本來就沒有大門，他從車道繞過，自己打開通向後院的便門，直接走到他習慣跟他老伴喝下午茶的涼亭裡，拄著枴杖，打個瞌睡，一個小時左右，又自己走回去。這樣的日課，實行下來，不覺一年多了。

週末從來不出現。光是這一點，我便覺得，這個人還是值得尊敬的。因此，老伴一再表示不滿，我都盡力替他維護。但是，必須承認，日子越久，這口頭相約的「君子協定」，也越難繼續遵守。

首先是大概三個月以前，有一天，下著大雨，他居然照常出現，而且，雷電交加，我讓他進屋裡休息，卻嚴詞拒絕。還說：我只要求你讓我回來看看，沒要求你管我！

接著，兩個月以前，突然一整個禮拜，沒有出現。我去養老院查詢，才知道他病了。仔細打聽，住院醫生了解我跟他的特殊關係才勉強告知：是輕度妄想症。但我猜想情況可能並不那麼簡單，妄想症不可能一整個禮拜缺席，何況還是輕度。是他們給的藥或者打了什麼針產生的後效吧！

然後，上個禮拜五，老伴先發現，這老頭兒有點不太正常，蹦蹦跳跳的，嘴裡還叫著他女人的小名。等我趕去，他已經脫光衣服跳進了游泳池。

不能不考慮老伴生氣時撂下的那句狠話了：「如果他死在我們這裡，怎麼辦？」

記得當時我還挺嘴硬的：「大不了幫他買塊地，他老婆不就埋在後面嗎？」

眼睛跟著他，看他步履蹣跚，踱過綠羅裙似的草地，佝僂身影消失在園門外的樹影裡，我忽然有了一個決定。
有一天，我死了，也要跟他們夫婦一樣，葬在那一片白楊林子下面。

二〇一〇年十月三十日初稿
二〇一二年八月二十四日定稿

前緣

1.

難得有個意外，未嘗不是好事。

禮拜天的下午，黎群照例給自己布置了任務。他將臥室書架上的書，一一裝進紙箱，抬到外面曬太陽，又從書房裡挑出一批，搬進臥室。曬書那一、兩個小時，卻未閒著，書桌也照例要清理整頓。桌面亂堆著的書報雜誌自然要分類歸檔，多年收集的那些紀念品和擺件，都得用絨布細心擦洗，尤其是他田野調查順便帶回的那幾塊心愛的化石，他連絨布都嫌粗糙，只敢用清相機鏡頭的吹灰刷除塵。等一切就緒，差不多累得不想動了，一頭倒在電視機前面的大沙發裡，連毯子都忘了蓋，就迷迷糊糊睡著了。

雖然忘了關電視，吵醒他的卻不是電視，而是電話震耳欲聾的鈴聲。這些年，老實說，電話其實是個可有可無的東西，經常聯繫的，本來沒幾個人，退休以後，更少更稀疏了，但他卻無端養成了害怕漏接電話的心理，鈴聲越調越高，無非是為了即使在屋外活動也可以聽見趕回。

接到江琳的電話，老實說，他確實有點「受震撼」的感覺。然而，事後分析，他很快就清楚，這種震撼，既非驚奇，也不是什麼喜出望外的感覺，反而好像是突然有點擔憂的樣子。日子是過得寂寞，失聯的朋友突然出現，總該高興才是，然而，回想過去，他實在很難理解，這個要求見面的電話，究竟意味著什麼。他甚至覺得，方才，自己在電話中的表現，是不是太過分了？人家也許只是禮貌性的問候，順便提到見面，自己卻立刻說好，這不是無意中洩漏了百無聊賴的底牌？這一回想，便彷彿像是受到某種考驗似的。

不過，既然答應了，如果不赴會，又顯得太小氣了點。那就去一去吧，看有什麼結果再說。

地點是他挑的，下東城那家名叫「塩」的日本餐館。選擇會面的地方，心裡確實意識到類似自衛的機制。幾十年不見，話不投機的可能性相當高，這家專賣日本拉麵的小店，座位就那麼三五排，跟壽司吧沒兩樣，氣氛一般還挺熱鬧的。他對自己說，場面萬一尷尬，那就吃完兩袖清風，拜拜！

主意既定，他盛裝赴會。

本來，既然選了這麼一個地方，盛裝是沒有必要的。出門前，忽然想到，萬一對方鄭重其事，自己不是顯得相對寒磣、落魄？當然，所謂「盛裝」，也只是換條長褲，加一件西裝外套，改著黑皮鞋罷了。總之，心理上覺得像大哥的身分就可以了。

果然，江琳是有備而來的。

晚秋天氣，涼是涼，還不到冷的程度，她卻穿上了開司米龍大衣。他看不出來哪一家的，跟其餘配套的衣著比較，想必是某家名牌。化妝倒是不濃，加上飄逸秀髮，更顯淡雅，這才慶幸出門前好在多考慮了一下。不過，免不了後悔當初不該選這麼一個近似快餐的地方了。

對方並不在意，應該不是故意表示大方，她確實挺興奮的。

「你真會選，」她說：「早就聽說這家的拉麵特別好吃，可我一個人，懶得當一回事。」

那麼，她也是一個人。這麼快就給出重要訊息，不是事前想好的吧？

他給兩人各叫了一碗麵，自己要了一向喜歡的味噌拉麵，給她挑的是這家的招牌麵，另外，要了一盤日式煎餃、一碟嫩豆腐。

兩個人共喝一樽清酒。

是她先開始敘舊的。

「這些年，最懷念的就是在你家過過的那段日子。當時還不覺得，等自己真的混完了半輩子，才像好茶回甘，老想著呢！你呢？黎大哥，多少年不見了，你過得還好嗎？」

她說的「半輩子」，他是毫無所悉，當然，這裡那裡，總有些消息傳播，什麼嫁入豪門啦，老公偷腥啦，遺產官司啦，諸如此類的，多少帶點幸災樂禍的意味。她口中的「那段日子」，倒真是忘不了。記得她剛來的那天，恰好在客廳看電視，小妹領她進屋，連姓名都沒介紹，兩個人就關上房門哭成一團了。過了好幾天，才側面從母親那裡聽說：這孩子想不開，鬧自殺呢，看著挺可憐的，你幫著開導開導吧！他這才變成了黎大哥。

那時候，他的出國留學計畫大局已定，剛好沒什麼重要事，就領著她們兩人，到處遊山玩水。最意料不到的是，他這個學地質的，那些專業東西，自己都覺枯燥，誰還有興趣，不料對失戀鬧自殺的江琳，發生了意想不到的效用。他們跑了太魯閣、花東縱谷，又從東往西，經墾丁、鵝鑾鼻回北，環島一圈，中間還去了日月潭、大雪山。

這世界，原來可以這麼看的，還可以這麼有趣。怎麼能夠想像，兩千萬年以前，腳下這塊地方，竟然是海底！要不是歐亞大陸板塊下沉，菲律賓板塊上推，相互擠壓，直到五百萬年前，陸地才露出海面，生成了我們的台灣？跟這樣動輒百萬年的大運動相比，人豈不是太渺小了。我們的喜怒哀樂，算什麼呢？要說這樣的神話不可置信，黎大哥不是在玉山腳下，採集到幾千萬年前的海水動物多孔蟲化石嗎？

回到台北的家，江琳已經換了一個人啦。貧血的皮膚曬紅了，柔弱的腿腳，有力了。精神狀態，再也找不到那種自怨自艾的情緒，當然，要說她從此脫胎換骨，堅強獨立，恐怕要求過高吧。反正，他自己也玩得滿好，順便救上個沒出息的女孩，也算是意外收穫，總之，不久他就出國了。

新世界搞得他七葷八素，一切忘懷了。

這一忘，四十多年過去了。

如今，她在他面前，不知該怎麼形容。雖然，年齡上，該算是老女人啦，卻保養得原封未動似的，當然，跟記憶中的當年，也不完全一致。當年，不過是個瘦乾巴巴的小丫頭，五官四肢配合得還算不錯，加上失戀的女孩，不免有點楚楚可憐，總之，那一點點動人之處，確實沒留下什麼特別印象。沒想到，到了徐娘半老，風韻體態卻如此了得！那半個下午的接觸，幾乎讓他失魂落魄，簡直可以對自己明白承認，現在的她，美得不可思議！

當天晚上，他便擬好了出遊計畫。

分手前，她不是說：黎大哥，什麼時候再帶我出去玩嘛！

2.

這一次，大可不必再搞什麼地質旅遊囉！人家既然已是貴夫人的身分，爬山涉水那一套，怎麼可能有興趣？但是，短程的、觀光客式的，也不合適。應該創造機會，讓她再一次產生「得救」的感覺，那就得搞一個大的。

整整一晚，他努力工作。

應該這麼開始。

飛機降落前，她已經倚著我的臂彎，睡著了。秀髮散落在我的頸部、胸前，空調風力不弱，偶爾吹開，便有髮絲撩起，拂過面頰，鼻孔不免發癢，但我不敢移動分毫，忍著，享受著。

機場一出來，便是她完全無法想像的蠻荒世界。

車子跑在公路上，路兩邊，熱帶稀樹乾草原一望無際，延伸到赤道不遠的南半球的天空。多麼乾淨的天空！綿羊群白雲，舒卷、游移、飄浮，沒有色彩，沒有陰影，沒有重量，只有似實又虛的線條，無非是蔚藍畫布上面的波痕。

向晚時分，入住諾福克旅館。這裡是海明威當年打獵的基地，進門大廳裡面，陳列著五大獵物的標本，玻璃櫃中，有他們使用過的獵槍和彈匣。

先到吧檯那兒喝一杯馬丁尼吧！這時候可以告訴她，回頭，我要帶你去市中心的刺槐咖啡座樹影下，喝一瓶土產啤酒，晚餐就訂在斜對面的牛扒屋，原汁原味的、沒有冷凍過的非洲牛喔！

我們的薩伐旅一共七天行程。

導遊和司機，明天一早就來接，別忘了，要穿休閒裝哦！

早就跟妳講過，七天行程不夠的，這麼老遠來，這麼多地方可以玩，七天怎麼夠呢，安博塞里應該去的，不去妳會遺憾，告訴妳，那邊的荒漠地，有一片林子，當年好萊塢拍攝海明威小說的外景隊紮營地，我有關係安排。別問我什麼關係，忘了提，肯亞可是我的老地盤，待過十幾年呢。拿學位那時候，美國不是不景氣嗎，不得不接受內羅畢大學的低薪工作。其實我根本沒後悔，十幾年，東非三國，全跑遍了，不然怎麼可能當妳的嚮導？想想，從那片林子裡面，看長年積雪的吉力馬札羅山峰，透過刺槐葉，看獵戶座躺在星空，想想，半夜時分，木屋子外面，鬣狗撕咬嚎叫，想想，烈日當空，遠方沙塵起處，飄浮著海市蜃樓，近處，獵豹爭食，食屍鳥盤旋半空。還有喔，離安博塞里不遠，我帶妳觀賞馬薩依的舞蹈，看他們的武士如何練習獵獅。還有喔。

除了安博塞里，還有馬薩依瑪拉，BBC的紀錄片看過吧，還記得牛羚渡河鱷魚搶食的流血場面嗎，我帶妳去看。還可以帶妳去樹上酒店，那可是伊麗莎白從公主變成女王的歷史勝地。還有喔，蒙巴薩的海濱，不能不去，我的老朋友佩雷夫婦退休後在那兒辦民宿，他會安排我們去珊瑚礁區浮潛，安排我們品嘗印度洋現場打撈的游水海鮮。

還有喔。應該跑一趟翁崗山，記得《遠離非洲》這部電影吧！我帶你去看卡玲．布列克森的咖啡園遺跡。西邊還有一條重要的路線，不妨租一部車，從內羅畢出發，過大裂谷，遊納瓦夏湖，看河馬，不妨在納庫魯湖過夜，次日起個絕早，看百萬火煉鳥騰空飛越。再往西，茶旅館休息一夜，再開往西疆的維多利亞湖。還有喔，烏干達、坦尚尼亞也該去的，想想，恩哥羅格洛不去多可惜，天然的死火山口，方圓幾十里地，所有野生動物，包括大象，都給陷在裡面自生自滅。

看來真是沒法說服妳了。那就玩七天吧。

肯亞大山玩兩天，再去森布魯。

保證滿意。我給妳打保票，夜半，坐在大廳裡的玻璃窗前，喝一杯冰得恰到好處的香檳，看河灘地上的鱷魚，慢吞吞沒入黑水，看河對岸的熱帶叢林邊緣，人造月光下，花豹偷偷上樹，獵食羊腿，那種感覺，我給妳打保票，那種經驗，妳不得救都不可能。

我告訴妳，我要救妳，我要把妳從深淵裡，徹徹底底救回來，從此不再軟弱，不再蒼白，不再無望，不再放棄。

3.

「是小妹嗎？」

「阿琳，怎麼樣？事情辦成了？先別講，讓我猜猜。」

「妳肯定猜不出來的。」

「怎麼啦？比我想像的更嚴重？」

「那倒也不是，我覺得妳擔心得有點過頭呢！」

「希望妳是對的，可是，妳知道，真是想盡了辦法，才好不容易騙他看了醫生的，診斷書我也看過，跟醫生討論的結果，認為是體內化學組成失調，如果不治療，不可能自動調整過來的。」

「那他要怎麼治療？」

「倒也不算複雜，他開了藥，反正我每天都會去他那兒，至少一趟，妳知道，他自從退休以後，閉門謝客，什麼人都不見，什麼事都不做，什麼地方都不肯去，整個人就那麼木木的，擔心死人吶。」

「他乖乖吃藥嗎？」

「哪有的事！要不然，怎麼會找妳幫這個忙呢？」

「哪，妳怎麼處理？」

「沒什麼，醫生交代，趁他不注意，藥和進他的日常飲料裡就行了。」

「有效嗎？」

「看不出來，好像更木了呢！」

「我覺得你們真是胡搞，哪有這麼嚴重！不過是書獃子碰到生活上的突然變化，無法自我調適罷了。」

「哪，真是這樣倒好，只是，總得設法拉他一把吧，否則，靠他自己，我覺得，回不來的。」

「其實，何必那麼緊張，剛還收到他的電話，約我去國外旅遊呢！」

「真的，妳別騙我，他會這麼主動？」

「誰騙妳！日程、旅行路線、重要景點、地理文化背景，什麼都有呢，我就是編也編不出來的。」

「那妳答應他吧，千萬幫我這個忙！」

「忘了告訴妳，他要我跟他去非洲呢，聽起來，計畫挺周全，簡直像是蜜月旅行！」

「那妳也勉為其難，好不好？就當是我拜託妳，救救我這唯一的哥哥，好不好？」

「太過分了吧，我答應妳去看看他，沒說要負責到底呀！」

「妳不是說，老覺得欠他一份情嗎，念念舊情吧，真的，不是跟妳開玩笑！」

「老實跟妳說，如果我跟他出去玩，那絕對不會是因為妳的要求。」

「讓他帶妳出去玩吧，不，妳帶他玩吧，妳帶他走出來吧！」

4.

又是一個禮拜天的下午，天氣還真合作，又出太陽了。

照例，黎群又在整理書房。

每隔一、兩個月，必須整理一次。最近卻怪，才一個禮拜，就已經覺得自己活在垃圾堆裡。書架上的書，都搬出去不說，回頭經過臥室，突然發現，壁櫥、五斗櫃裡的衣服，包括內衣褲、襪子，甚至冬天的圍巾、領帶、手套、帽子，也竟布滿灰塵，細菌繁殖得肉眼都看見，真夠心驚肉跳，全翻出來，一古腦兒進了洗衣機。

忙進忙出半天，終於累得不想動了，一頭栽在電視機前面的大沙發裡，迷迷糊糊睡著了。

電話鈴震天價響，他跳起來接。

傳來的，是銀鈴般的聲音。

「小琳嗎？」

「怎麼啦，哥，我的聲音都聽不出來？你還在等她的電話？我昨天已經送她上飛機了。」

「她不是要我帶她去非洲玩嗎？計畫都快做好了，正要去訂機票、旅館，怎麼就走了呢？」

「人家現在是要人，有事，說走就得走。」

「那非洲呢？」

「再說吧，反正，她說，現在聯絡上了，隨時都可以過來。」

「那也好，我就先把事辦了，日期等她決定。」

「哥，別這麼急吧，或者，我陪你去玩一趟，可好？」

「妳不會有興趣的。」

「好吧，那就等她下次來再說。別忘了，回頭，散完步，來我這兒吃晚飯哦。」

5.

大約三個月以後，一個雪後黃昏，紐約郊區某地某私家住宅的前院車道上，停著一部警車。車子沒有熄火，車頂的紅色警告燈光緩緩旋轉，照向四面八方，附近人家有人開窗探望，甚至有好熱鬧的人，竟開始聚集在馬路對面往裡瞧了。

雪雖然停了，屋頂、草坪和車道上，仍然鋪著薄薄的一層白，只因人來人往，腳步雜沓，白色的車道不久就露出了零亂的黑印。

不久，兩名婦女扶著一位老先生，走出大門，步下階梯，送入警車後座。老先生勉強坐下，東張西望，手裡緊緊抱著一大張報紙，就著不時明亮的警燈，可以看出，原來是那種大張的、貼在牆上用的非洲地圖。接著，警車滑出車道，上了馬路，掉頭，在一向寂靜的住宅區，拉響了動人心弦的悽厲警號。

廚房邊上的小飯桌那裡，燈光有些黯淡。

桌上有半瓶紅酒。兩個人，隔桌，面對面坐著。

「妳怎麼叫警察呢？看著怪難受的，好像犯人似的。」

「醫生交代的，這樣最安全，他還說，他們有義務提供服務。」

「那，住院手續呢？」

「都辦好了，昨晚不是鬧了一宿嗎，地上直打滾，還操起球棒東砸西敲，嚇死人，我實在沒法子，今天上午去找他的主治大夫，他跟我說：既然發展出暴力傾向，怕他傷害自己，只能交由專業人員照顧，妳把他送進來吧！」

「我還是搞不懂，他幹麼死死抱著那張非洲地圖不放，難道我拒絕他，真做錯了嗎？」

「不關妳事，阿哥畢業後，好幾年找不到工作，山窮水盡，未婚妻都跟他分手了。終於接到非洲的聘書，又想她回心轉意，說要帶她去那兒度蜜月呢！」

「她答應嗎？」

「怎麼可能！你也知道，女人一變心，哪有回頭的。」

「這麼說，他死乞白賴要請我去那兒玩，我還老覺得對他不起，原來，我不過是個替身嘛！」

「算了，我告訴妳，我還真想妳做嫂子呢！」

兩個人笑了，不過，笑聲有點怪異，好像非笑不可，又好像笑完想哭。

窗外，又開始飄雪了。

「明天上午去看他，有空嗎？我得給他送東西去。」

「不行，跟客戶約好了吃中飯，很重要的客戶呢！下午飛洛杉磯，下次吧！」

小妹起身，走出廚房，不一會兒，手上抱著個禮盒回來。

「阿琳，這是他心愛的化石，說是特別跑到大陸雲貴高原才找到的，叫什麼『三葉蟲』，有上億年呢，給你做個紀念吧。」

二〇一一年八月十九日初稿
八月二十五日修改
二〇一二年八月二十四日定稿

閒之一：冬天的球場

岩上無心雲相逐——柳宗元

1. 起意

午飯後，本想按原定計畫，繼續讀書，但一坐下，便感覺肚子有點發脹，浦老站起身，兩手摁著肚子，在屋子裡來回走了幾圈，看來沒多大效果。肚子裡彷彿有團硬塊，走動既化它不開，手揉它也不碎，遂有了散步的念頭。

散步？還是按規定到醫生診所那兒去一趟？他猶豫著。前天的全身檢查，應該有結果了，得聽聽醫生的說法。然而，有那麼急嗎？

站在窗前，無聊外望，心思在動與不動之間，忽然，一隻黑鳥飛過眼前，遂做了決定。是那種身量不到烏鴉一半，翅翼拍搧時，露出兩團紅羽毛的黑鳥。還記得，去年立秋前後，有那麼幾天，成千上萬向南移棲的小黑鳥，一批批，飛過後院上空，有時甚至遮蔽陽光，好像被即將來到的冬寒驅趕著，沒命南遁，但其中總有幾批，看到或聞到丟在草地上的碎麵包屑，中斷旅程，下來搶食，似乎是為了幫人度過百無聊賴的下午時光。不過是沒多久以前的事嘛，現在不還是冬天嗎？怎麼就回來了呢？

這才發現，外面白花花的，陽光滿地。

是二月難得的冬暖天氣呢！無論如何得出去走走。

浦老把車子倒出車庫，進入白花花的陽光，腦子裡面，出現了兩個選擇：北邊的州立公園？不行，要開半個小時，太費事了。附近的溪畔步道？也不好，雖然是冬天，樹葉早已落盡，但溪兩岸的原生林，樹高撐天，枝椏繁密，樹冠連成一片，在那底下散步，恐怕還是太過陰暗，走久了，出汗，風一吹，不好。

那就順便去看看阿潘吧！

這座球場，離家很近，是郡政府公辦的六個球場之一，設備、規畫和維修的水準，不算一流，可是，還算得上價廉物美。尤其是，人過六十，就取得元老資格，打一場球，費用相當於兩場電影票，所以，十幾年來，成了浦老休閒、散步兼運動的主要地盤。唯一的不方便，此間冬天特別漫長，每年十一月，感恩節一過，球場進入修整期，要捱到次年四月恢復營運，差不多五個月，無法利用，這在他剛成為發燒友的那時候，二十年前吧，真覺難以忍受！好在，不久就發現了另類利用辦法。冬天修整期一到，球場管理人員放假，大都往南飛向有太陽的地方打零工去了，僅有少數管理員，偶爾上班值勤，因此，多數時候，整座球場渺無人煙，成了被人遺忘的天堂，只要積雪不厚，要想散步，沒有比這兒更理想的了。

這個祕密，最早發現的還不是他，阿潘的資格更老。那年冬天，開車去，到了停車場，證實這個異想天開的念頭絕非夢想，整座球場空蕩蕩的，會所大門緊閉，也沒有燈光，誰管你怎麼利用呢。可是，停車場上，還停著另一部車！浦老見那車停在公眾停車的地方，料定不是管理人員，遂大大方方，向第一洞發球臺附近走去，不到半個小時，便在第五洞和第十四洞球道平行相會的附近，看見一名中年男子，手持一根看來是七號的鐵桿，眼睛瞄準十四洞的果嶺，正聚精會神練習揮桿動作。

跟阿潘交往的緣分，就是這樣開始的。校園裡，固然也算熟面孔，卻是泛泛之交，一物理，一歷史，彼此專業不同，難得來往。自從若干年前在冬天的球場意外相會，關係不一樣了。連稱呼都變，平常，學生們尊稱教授，一般朋友叫他潘公，跟江教授、浦老，屬於一個等級，都是預留空間、保持距離的稱呼法。阿潘是老廣，習慣在人名前加個「阿」，不熟的也很快就熟了。他開始叫阿浦後不久，阿浦也就順理成章，叫他阿潘了。沒想到，這麼一來，彼此不但親切，又似分外年輕，久而久之，竟成為兩人交往的專有祕密，就是說，這個叫法，只適用於兩人單獨相處的時候，只要有第三者在場，便恢復教授身分，非公即老。

2. 戲雁

今年冬天的氣候，確實有點異常。往日，三月不到，正是深冬季節，球場基本上都埋在好幾寸厚的積雪裡。現在，白雪竟然毫無蹤跡，球場看上去一片枯黃，新綠也許還要幾個禮拜吧，樹枝上的冬眠芽，也絲毫沒有肥腫的跡象。

停車場只有他一部車，這個另類利用法，看來知道的人，還是不多。整了整衣襟，繫好圍脖，戴上皮手套，順便從行李箱取出一瓶清水，塞在褲袋裡，便出發了。整座球場就他一個孤魂野鬼，得好好利用，把十八個洞，從尾到頭走上一遍，把肚子裡那團硬塊消化掉。

之所以從後九洞出發，也沒有什麼特別理由。面對球場，停車的地方，左手方向是第一洞，右手那邊是第十八洞。一向習慣從第一洞走起，今天不知怎的，好像一個人走，必須換點花樣，就想從尾巴處往回倒著走。是害怕單調嗎？還是因為，十八洞的發球臺上，有一群本應南飛卻不知何故留在了這裡的加拿大雁，正在專心啄食草根。是因為見到這破壞行為，無端激起了防衛意識嗎？或者，一看見雁群，便立刻喚回了阿潘的形象，亦未可知。

記不得是哪一年了，只記得那天跟阿潘約好，同時抵達球場。還沒下車，就看見他從停車處，順著地勢往下，一面張開雙臂，口裡發出野獸般的吼聲，向前衝鋒。為首的大雁，看見敵人，發出警告，一面搧動翅翼，一面撤退，大概在阿潘逼近到約莫二、三十步的距離，忽然拉高聲量，驚惶示警，接著，三、五十成群的大雁，陣腳大亂，四處亂竄。車旁癡立的浦老，被這個七十出頭的老頑童行動嚇呆了，只見雁群搧動翅翼，雙腳交錯點地，雙翅上下鼓動，發出既規律又動容的肌肉摩擦聲，騰空起飛。集體錯亂失序的呼喚，像死亡脅迫下的本能反應。呆呆的看著牠們，一隻隻，拔地而起，全身線條，雄健而美麗。一群逃命的鳥，還來不及形成隊形，徑直向不遠的湖水慌亂飛去。每一隻飛行物，尾羽上端，有一彎漂亮的白弧，在警號聲中，漸高漸遠。

在這批經常光顧的球友心目中，失去候鳥習性的大雁，早已不是大自然，根本就是公害。球場周邊的湖島，沒有天敵，如今成為牠們永恆的家園，湖邊的球道和果嶺，是牠們的沙拉吧、起居室。球道被牠們啃得坑坑窪窪事小，最激起公憤的，是遺留在果嶺的糞便，有時，好不容易球打上果嶺，一記長推的路線，經常碰到糞條，花時間清掃倒也罷了，必須平心靜氣執行的推桿動作，不免給擾亂了。

阿潘忘情前奔，雙臂高高舉起，大幅度劃著弧線，一面發出衝鋒陷陣的吼聲，直到雁群遠去。他回頭的剎那，那張老頑童的臉，多少年了，依然如新。蹣跚爬下斜坡，浦老依然感覺肚子裡那團硬塊，堵得發慌。他沒有驚動十八洞發球臺上的雁群，刻意繞道而過。

3. 談藝

整座球場，是圍繞湖水設計的。靠湖邊的地勢，並不平坦，但高低起伏與迴環曲折之間，正是設計人用心之處，迥異尋常的球道和關鍵地點設置的障礙，讓這個看來平凡的球場，具備了別人沒有的性格：易守難攻。開始打球那幾年，由於環境不熟，技術有限，無法掌握這種特殊性格，隨時可能出事，挫折感也特別讓人難受。日子久了，每個拐彎抹角終於都摸得一清二楚，這種易守難攻的性格，反而成為一種享受，不可替代了。

後九洞沿湖一路鋪開，地形忽高忽低，湖岸忽遠忽近，加上每條球道兩邊的疏林坡地，特別在這冬日，感覺就好像走在他鄉異國一幅荒涼寂寥的〈清明上河圖〉裡面。當然，由於地勢蜿蜒起伏，雖說是散步，也不能不費點力氣。好在這暖冬天氣，格外宜人，走完五、六個洞，相當於兩英里的距離，身體竟暖和起來，肚子裡的硬塊帶來的壓迫感，正逐漸減輕。浦老一面享受陽光，一面迎向微風，安步當車，向高處走去。

每個球場都有一個招牌洞，不只是景觀上的招牌，技術上的挑戰性也往往最高，這個藍領階級的公共球場也不例外。在開始微微出汗、略感氣喘的情況下，爬上了第十二洞和十一洞之間的高地，就是阿潘稱之為「高山流水」的那個地方。

第十一洞從下往上，必須仰攻，困難度還算可以，只要把距離控制好，平標準桿不難。接下來，第十二洞發球，要想征服球場，便不那麼容易。發球臺設在山上，球道開在湖對岸，發短了，球落水，發太長，又可能滾過球道進入樹林。尤其刁鑽的是，因為是個狗腿右拐洞，發球者不免要爭取落點離果嶺近一點，以便下一桿距離短，搶難得的抓鳥機會。然而，想的雖美，真要做到，卻不容易。落點越接近果嶺，開球跨越水面的距離越長。保守的話，一百七十碼就安全過湖，但下一桿就得面對兩百碼以上的攻堅工程。若想開到離果嶺一百五十碼以內，開球非兩百三十碼莫辦。誰願意公開暴露，自己連這個距離都開不出來？

就因為這種挑戰性，直接觸及自尊心，球友們到了這裡，每每情緒緊張，動作拖沓，招牌洞經常塞車，尤其是週末假日。三年前的美國萬聖節，記得跟阿潘，在這裡，足足等了一個小時。

浦老在十一洞的果嶺和十二洞的發球臺之間，那棵大七葉樹下，坐下來，就坐在跟阿潘不知共坐過多少次的那張長板凳上。

說是「高山流水」究竟不很準確。「高山」其實只是湖邊的臺地，「流水」根本看不到流的痕跡，這所謂的湖，事實上只是人工蓄水的一座水庫，縱有流動，肉眼難以察覺。突然，最後一次等人開球的那段對話，電影一樣，在眼前放映。

平常一道打球，兩人之間的交談，大多言不及義，你取笑我，我消遣你，越挖苦，越損人，越樂。那天，不知怎的，竟然都有點嚴肅。

「這『高山流水』，不知道還剩幾次了？」阿潘說，眼睛沒看人。

「你說『高山流水』，我想到的，卻是〈鵲華秋色圖〉，記得趙松雪的那張傑作嗎？裡面還有幾株紅樹，你看，遠方那座小木橋附近，不也有些紅楓，葉子都快落一半了……。」阿浦說，也沒看人。

「水色、天光、疏林、遠山確有幾分類似，但我們有橋，它沒有，它有茅舍，我們沒有，我還是堅持『高山流水』。」

他知道，阿潘想著的，是那年年初剛去世的大嫂。飯後幾曲古箏，這樣的日子，多少年了？以後再也沒有了。

耳朵裡面，音樂出現。

「不知道為什麼，近來，華格納、貝多芬，那些激昂慷慨的，都不愛聽了，越來越喜歡慢板，從前，總覺得莫札特少年不知愁滋味，太單純，單純到無味，最近卻愛上了他A大調豎笛協奏曲的那段慢板……。」

「是嗎？」阿潘說：「我也一樣，布拉姆斯小提琴協奏曲第二樂章慢板的第一主旋律，像神從雲霧裡出現，一天到晚在我腦子裡！」

阿浦知道，他自從退休，離開一輩子熟悉的校園，音樂和高爾夫，幾乎是唯一的生活內容，研究工作，也大多停頓了。然而，搞了一輩子的物理，現在居然在音樂裡找神。這個，即使自己並非堅定的無神論者，還是無法理解。

「……工作吧，大概只有工作，才能勉強救贖……。」浦老望著湖水上面的天空，說了一句自己也未必相信的話。

「還能做什麼呢？做不做，又有什麼關係？」

不知道該說什麼，浦老的處境，跟他相比，確實也相差無幾。何況，板凳上的談話之前，已經知道他患了絕症。

明天還是去看看醫生吧，雖然心裡老大不願。

4.會友

走過木橋之前，停下腳步，倚欄望向湖面。小橋連接的，是兩個腰子形狀的內湖。這一帶，若干年前，曾發現一對野番鴨繁衍了不少後代，五、六隻小鴨，毛色猶帶鵝黃，跟在父母身後浮水的鏡頭，歷歷在目，沒多久，全部不見蹤影，究竟是飛走了，還是給紅狐狸撲食了，沒有人知道。

番鴨家族的地盤，去年來了兩隻白天鵝，冬天過後，也不見了。相信牠們安然無恙，飛走了。

美麗的東西，即使不見了，也不該消失。望著湖水中沒有一片綠葉的冬樹倒影，這樣的意念，似乎沒有矛盾。

過橋後的球場地勢，逐漸舒緩了。

浦老的散步，也脫離出汗喘氣階段，好像縱有再長的路，也可以毫不費力，就這麼永遠走下去。

看什麼醫生呢，好消息聽了等於不聽，壞消息，聽了又怎樣？日子無非就是這樣，吃飯、散步、讀書、睡覺，其他都不重要。

那就繼續享受散步吧。

終於走進了前九洞。

前九洞的設計，因為跟湖岸逐漸拉開了距離，趣味不免顯得平淡，然而，第八洞的發球臺附近，有棵老樹，樹幹老成持重，樹形清奇古怪。這老樹，學名不詳，據說是八十年前修建球場的時候，設計人有意留下的，當時已經老態龍鍾了。一代又一代的球友傳了下來，大家不約而同，叫它「青春永駐」。

浦老在發球臺旁邊的石階上坐下，喝水，抽菸，望著老樹。

老樹三人合抱的樹身上，斑駁陸離的樹皮上，有幾乎數不清的小木牌。每塊木牌的大小形狀設計不同，但都寫著或刻著一個字體不同的人名。

他的眼睛上下左右梭巡，終於找到了阿潘的名字。

給阿潘釘上的時候，他的木牌，本在木牌塚的最下端，如今又往上推了。

仔細數了數，新牌子共有十三塊，都是這兩、三年加入的。

球場規定，木牌留在樹上最多十年。阿潘還有七年「青春永駐」。

究竟還是冬天，坐沒多久就有點寒意侵人。

浦老拍拍褲腿上的泥灰，準備跟阿潘道別，不料剛一抬頭，便從老樹萬千枝椏的空隙處，看見了晚霞。

冬天的晚霞，雖然沒有夏天鮮豔，還不失些許溫暖的意緒。

然而，向晚的天空，不知何時起，早已轉成青灰，遠山似有若無，迷失在雲霧裡，看不見阿潘，也看不見他的神，只看見若干黑點，微微飄浮，漸漸拉開了一個像「人」一樣的字，看不出飄向何方。

二〇一二年三月五日初稿
三月十一日修改
八月五日改定

閒之二：爺爺的菜園

1. 貪

浦老原名江浦清。老一輩取名，難免相信風水，給他算過生辰八字，命中缺水，所以用了三個水偏旁。也許就因為水多，他的名稱經常變化。少年時代，人稱阿清，到了中年，變成了老江，現在，朋友或同事，一律尊稱浦老，無論怎麼變，他即使並不喜歡，也不得不接受。現在，事情發生變化了。自從孫女兒依依誕生，首先是媳婦改口叫爺爺，接著，兒子跟進，到後來，老伴也放棄幾十年叫爸爸（聽起來像把拔）的習慣啦。

然而，爺爺這個好叫又好聽的雙聲疊韻字，居然好像有某種魔力，聽他們不約而同叫久了，浦老的身分認同彷彿冉冉飄升，籠罩在光環裡，享受著無須任何努力便成就了的尊嚴榮耀。他發現自己終究找到了最喜歡的名字，所以，近來給家人寫電郵，他也自稱爺爺了。

這種權威感，他知道，都是依依的賜予。

兒子接近中年，中年得女，照理應該滿心歡喜才對，然而，事情看來並不如此單純。歡喜是歡喜，卻大多是瞬間，女兒在懷裡睡著了，女兒笑了，女兒叫爹地了，女兒知道蘋果也叫apple了，諸如此類。然而，這些都是瞬間。經常不斷的，重複又重複的，只是毫無樂趣可言的餵奶、換尿布、半夜起床、度假無法出門、一向熱愛的那些事都沒法繼續……林林總總，數不清，總之，連續差不多一年，喜氣早已耗盡，只剩下勉強對付的精力。

兒子的不快樂，他從旁觀察，不免想起自己一度走過的路。從新鮮到勉強，從勉強到認命，看來都是早晚的事。

種菜也許是兒子掙扎自救的最後手段，可是，他根本不會種菜。

這個節骨眼上，爺爺義不容辭，該出手了。

兒子種菜，只有兩個老師，網路和附近的農夫市場。

網路上的老師，等於紙上談兵。理論周全但對連鋤頭都不知如何正確使用的兒子，結果只能是徒增苦惱。農夫市場一禮拜才開市一次，農夫只關心賣菜，至於種菜的方法和訣竅，天性是敝帚自珍的。

爺爺可不同。抗戰時期，他跟著爸媽，每三、五個月就要搬家逃難，每到個新地方，第一件事就是挖地種菜養雞鴨，他從小跟著媽媽屁股後面轉，這些都不必人教，全成本能了。

依依一歲半那年春天，兒子買了六棵番茄兩打紅蘿蔔，在後院草坪上挖了幾十個洞，開始創業啦！媳婦當然高興，至少，就在身邊活動，有隨叫隨到的好處，此外，聽說幾個月後就有收成，既省錢，又是有機蔬菜，經濟實惠，健康環保，何樂不為？不必幾個月，幾個禮拜不到，就發現情況不對。怎麼這番茄老是長不大，那紅蘿蔔挖起來看，始終小指粗細，不死不活。

爺爺出手的時機到了。

幸好今年的春天夠長，一切還來得及。

要做就做個大的，這是浦老一向的行事風格。

草坪上挖幾個洞，算什麼種菜。不要說附近的草根不斷搶營養，那兒的土壤也不對頭，任何表土都可以種草，種菜怎麼行！不同的蔬菜瓜果，需要不同方式配置的特別土壤，紅蘿蔔需要加沙，黃瓜最好用黏土與腐殖土混合，加上脫水消毒過的牛糞，每個禮拜略施薄肥，一到仲春時節，牽絲攀藤，虎虎生風，不必等到初夏，便可以採收成果了。

平日，兒子家，兩三個禮拜到一兩個月，難得去一次，這次一待便是一個禮拜，兒子媳婦上班，爺爺抓住老伴權當助手，大展宏圖。

最重的活，叫做雙重翻土，得腳踏大圓鍬深插入土，先向一面翻，成行後，掉頭，再翻一次，目的是將表土層下面的生土挖出來，增加土壤的營養內容。然後，往社區生態中心，運回免費供應的腐殖土，兩者攪拌均勻，敲碎大泥塊，揀除石塊草根，再將肥料拌入，才算完工。因為勞動量實在大，兩老一天只能完成四尺寬八尺長的一畦，周末倒是有兒子助陣，所以一週後，後院出現了爺爺的八陣圖。

八畦的菜園，規模不算小了，可是，好像還不夠用。兒子和媳婦站一邊，堅持選生菜沙拉的素材，老伴倒是跟他合拍，主張種傳統中國蔬果。這項爭議，是用民主協商辦法解決的。一方要馬鈴薯，另一方就選日本小南瓜；一方提天津小黃瓜，對方就投票給玉米，諸如此類。好在，總算解決了。菜秧不成問題，農夫市場提供，包括老人家需要的冬瓜、瓠子、四季豆和澎湖絲瓜，華人開的農場，這幾年越來越多。

兒子見老爸興致勃勃，如此投入，不免得隴望蜀，試探說：這麼喜歡種菜，索性賣了房子搬過來吧。你種菜，奶奶照顧依依，我們不是連保姆都不必請了。

浦老斜眼看媳婦，她假裝不知情，掉轉頭問依依：你叫什麼名字？依依嗓音清脆可愛，答道：你。

2. 嗔

兩週後的一個禮拜六清晨，爺爺手上端著咖啡，從陽臺上走下來，一面吸收新鮮空氣，一面信步走向菜園。

綠油油的一大片，讓人歡喜，可是，仔細一瞧，卻覺得不十分整齊，好像生日蛋糕給調皮的孩子偷吃了似的，綠茵中露出若干半黑半黃的土疙瘩。再深入檢查，土疙瘩周遭的秧苗，有的連根拔起，有的莖斷葉殘，附近則出現不少腳印。從腳印的面積和形狀判斷，小依依闖禍的嫌疑大致可以排除，而且，即使保姆帶她遊玩，也不可能糟蹋成這麼個慘象。

那麼，誰是罪嫌？

兒子住在新開發的社區，後院連接著社區公用的園林景觀，有草地，有新植的行道樹和花木布置，還有供居民慢跑健身的步道。步道環繞景觀區，再往外，便是原始林區了。

浦老曾帶兒子的愛犬在原始林邊緣遛達，小獵狗一接近樹林便瘋了，死力拉住鏈條的爺爺，幾乎人仰馬翻，可以推斷，這林子裡肯定有些野生動物。

老伴認為，一定是浣熊，她說她親眼見過，那傢伙鬼鬼祟祟的，扒在院外那棵柳樹上，往我們家張望。

如果是牠，事情可嚴重啦。近年傳說，浣熊往往身帶狂犬病菌，而且，由於保護動物協會人士的關愛，即使侵入住家，也不得任意射殺，得向消防單位申請，派專家誘捕後，遷徙放生。

兒子不同意。現代浣熊進化了，他說，牠們學會跟人共生，在下水道棲息，專找人類的廚餘進食，不可能菜園犯罪。

媳婦說，那你無論如何總要通知消防隊派人來抓，傳染病可怕，不能不管。兒子說，牠又沒侵入我們家，也不知道牠究竟躲在何處，叫人往哪兒去抓？還是爺爺對園事見多識廣，他斷定，此罪必野兔所犯無疑，腳印大小形狀類似，進食習慣也像。對策不難，花點工夫，把菜園圍起來，就一勞永逸啦！遂成定論。

圍籬工作由爺爺設計並指揮，老伴協助，媳婦攜依依從旁加油鼓勁，兒子負責執行。建築材料單純，附近的「家庭站」供應無缺，計：四尺高塑料網兩卷，共兩百尺，六尺金屬柱若干，還有捆紮用鉛絲一大圈。

工程順利，爺爺選定立柱點，兒子身材本就高大，連梯子都用不上，就站地面手持鐵鎚把金屬柱敲下約一尺深，圍上塑料網，大夥紛紛上前幫忙，纏上鉛絲，不到一個下午，大功告成。

天氣那麼好，晚飯順理成章，烤肉。當然，新上市的甜玉米和有機生菜沙拉，必不可少。

陽臺上的野餐桌邊，每個人不約而同，不時望著新樹立的籬笆入神。

連依依都會說：兔兔，兔兔，不過，她發出音字還有點困難，聽起來，更像是：肚肚，肚肚。

過了兩個禮拜，還不到週末，兒子的求救電話來啦！又遭小偷了，他說，這次損失更大，絕不可能是野兔，損點高兩、三尺，豆棚瓜架上面的花、葉，差不多給啃光了。

爺爺震怒。不僅因為被偷襲，面子上，好像也有點擱不住。

經過實地勘探，爺爺心情沉重，只說了一個字：鹿。

四尺圍籬，餓極的鹿，可以一躍而過，他不是不知道。然而，所以錯估形勢，判斷失誤，完全是因為，沒想到人煙稠密的社區，居然有野鹿來犯。原始林內藏野鹿，這一點，他也想過，當時只是以為，從林間外望，社區即便在深夜，仍有燈火和車輛來往，何況春夏生長季節，林子裡面不缺食材，何須冒險？

蹄印和犯罪現場的其他跡象，犯罪證據確鑿，瓜架外伸的竹竿尖端，甚至有鹿身擦撞留下的鹿毛。

爺爺考慮，也許加高塑料網，四尺變成八尺，總該萬無一失吧。然而，六尺的柱子，如何承接？入土一尺後，高度不過四、五尺，要想把圍籬撐到八尺高度，根本不可能，而「家庭站」的金屬柱，規格有限，沒有比六尺更長的。

兒子的聰明，表現出來了。他建議，圍籬四端分插八尺竹竿，高處圍上橘黃色的綵帶。這個邏輯相當合理，既經濟又實惠。野鹿進食，通常都在天亮前後，視覺不免模糊，橘黃綵帶迎風飄動，應該產生嚇阻效果。改良的稻草人戰術，看來足以讓人高枕無憂了。

3. 癡

時序進入仲夏，兒子在圍籬上掛了一塊木牌，上面有行英文字：「Yeye's Farm」，還用黑筆塗抹，是依依的腳印呢！

爺爺的菜園欣欣向榮。

有一天，正在地裡勞動，籬笆外面的鄰居太太居然主動表示友好：我喜歡你的菜園，她說，明年春天，請你指導，我們也要來一個！

想起剛開始那一陣，她曾以破壞社區景觀為由，向管理當局告過一狀，爺爺不禁莞爾。順手採了幾個初顯紅色的大番茄，遞過籬外。

第二天傍晚，鄰居太太送來一個蘋果派，還說：一輩子沒吃過這麼新鮮原味的，市場上買到的冷藏番茄，以後不能吃了。

爺爺說：別客氣，需要的話，隨時來採，我們種了整整一畦，根本吃不完。

吃不完的，遠不止這個呢！

產量最快最多的，想不到，竟是遠遠來自華北地區的天津小黃瓜。這個品種，跟美國土生甚至其他華人地區的各種黃瓜都不一樣，雖然表皮多刺，只要用筷子刮清，瓜身連皮帶肉，不但多汁，口感清脆，而且略帶甜味，如以大菜刀拍碎，以麻油、醋、醬油生拌，絕對是夏日一道美味。而且，老伴精益求精，她連醬油都淘汰，但用日本料理處理壽司的特製醋，略加小磨麻油，效果更上層樓。連從小在美國長大因而飲食習慣完全美化的媳婦，都讚不絕口。

水瓜蝦仁餡的餃子，是老伴的又一創造，也頗別致。這洋水瓜[1]原非傳統中國產品，洋人一般用來燉湯或於Bar-B-Q時，與牛排、雞腿、熱狗等一道烤熟，但味道不怎麼樣。老伴實驗，洋為中用，不料廣受歡迎。

最富傳統特色的，首推奶奶的家鄉菜，豆豉、肉末、辣椒拌炒瓠片。她從小

1.作者注：水瓜，英文名zucchini，美國華人譯為水瓜。

就學會這道菜，做法上又推陳出新，除了加上蔥薑蒜等碎粒作料，瓠子本身的切工尤其講究，圓片厚度均勻，正反兩面都要用快刀交叉輕拉出井字開口，好讓溶入菜汁的作料入味。拌炒前，瓠片要求煎到微微焦黃的程度。

從仲夏開始，爺爺的菜園供應不斷，媳婦、兒子需要的生菜沙拉素材源源不缺，爺爺和他的老伴，每次來，另開小灶，根本無須上遠在十幾里外的華人超市購物，既省錢又省心。

連小依依都有福啦，這孩子的口味可調教得有點中國人的傾向了。她媽媽花大錢買的高品質嬰兒罐頭食品，從此沒有銷路，反而是奶奶燉的冬瓜湯、南瓜粥，一吃一大碗。

現在，每個週末都是豐收季。過去，老伴一提到上兒子家，浦老必定想方設法推三阻四，總要捱到禮拜六上午，才勉強答應，如今，兩老養成了新的作習程序，禮拜五一起床，奶奶就忙著電話聯絡，安排節目，爺爺呢，雖然還有點半推半就的味道，不過，他堅持，要去就不妨趁早，免得擠進週末出城度假的車潮裡面，動彈不得。車子一到兒子家，爺爺趕著抱依依，奶奶已經手提菜籃、剪刀，往菜地裡收割去了。

每個週末都把附近的親朋好友找來團聚，奶奶掌廚，剛斷氣的瓜菜，新鮮甜潤，配上兒子的新寵葡萄酒，不要說外人，連媳婦都真心實意叫好。

於是，杯盤狼藉之餘，有人開始議論了：這麼好的家常菜，再好的餐館都找不到，實在不宜藏私，應設法推廣。

媳婦突然異想天開，提議：奶奶何不口述，我把它譯成英文，老公你負責照相，我們聯合出一本《奶奶家常菜食譜》如何？

沒想到反應出奇熱烈，甚至有人連裝幀、設計、印刷、紙張之類的細節都規劃了。

諸多建議之中，最別致的有兩點：一，有人說，除了菜色本身，《食譜》應編入家庭菜園和生活、勞動實景攝影。這樣一來，意義就遠超過食譜，根本就是推廣新的生活方式，不也是一種革命嗎？二，裝幀方面，有人主張，不用通常的書本方式，模仿辦公室祕書過去常用的那種旋轉式活動電話簿裝置，便於使用者隨時翻查，而且，如果能夠讓它「站」起來，放在爐臺上，不是可以一面參看一面操作嗎？怎麼個站法呢？意見更多了，立體三角形，平行四邊形……，吊掛式、底柱式……，酒酣耳熱，不一而足。

奶奶也開始發言了。她好像好久沒這麼興奮了，竟站起身指手劃腳說：除了你們爺爺家那些東北菜式，我老家湖南的之外，年輕時天南地北哪兒沒到，我肚子裡的貨色還多著呢！一本食譜算什麼，一套十本都沒問題！

討論會一直到依依睡倒在爺爺懷裡才算結束。

爺爺抱著依依上樓，一面嘀咕：出什麼書，笑話！什麼人都要出書，那我們算什麼呢？

4. 滅

氣象局預警，由於北方冷氣流南移，南方暖流北竄，附近幾個郡得嚴防暴風雨侵襲。

傍晚時分，爺爺憑窗外望，見天上烏雲密布，且不時翻滾流動，彷彿有千軍萬馬盲目奔馳，接著，閃電劃過夜空，雷聲隆隆，兒子的寵物狗，瑟縮戰慄，躲進桌子底下。

然而，雷電雖然嚇人，卻是雷大雨小，爺爺望了半天，擔心的事並未出現，想到氣象局的預報，一向誇大，這次也不免烏龍，就放心回房就寢了。

半夜，一個炸雷把爺爺驚醒，緊接著，窗玻璃好像被什麼細小尖銳的顆粒敲打，發出忽小忽大的沙沙聲。閃電照亮夜窗，窗玻璃上面，狂風橫掃大樹枝葉的投影，鬼魅出沒。爺爺披衣起床，悄悄下樓，走到面對後院的落地窗前。這才發現，那不斷擊打著玻璃的沙沙聲，原來是冰雹，有些顆粒較大的，落地不化，已經累積在陽臺上了。藉著不時出現的閃光，依稀看見他的菜園裡，豆棚瓜架幾乎搖擺到接近地面的程度，枝條葉片隨風起舞，看來這兩、三個月的心血，都泡湯了。

災後景象慘不忍睹，滿園碎枝殘葉，門前那株照水櫻，披頭散髮，幸好主幹未損，但明春的花芽，可能摧殘殆盡。

唯一的意外是，豆棚瓜架雖然歪斜，卻未連根拔起，或許是竹竿紮製的骨架，有一定的韌性，雖大幅度搖擺，但未折斷。架子頂端冒出的瓜藤，新芽斷裂不少，瓜葉撕裂穿孔，但瓜藤本身，雖移位，卻沒有損失。菜地狼藉不堪，幸好留住菜心，光復可期。經過仔細檢查，爺爺的希望回來了。他開始用花剪逐株逐畦修整，再將殘枝碎葉清掃，不到三個小時，菜園似乎無端縮小了一圈，但基本恢復舊觀。也許，經此天災，生產不免停頓，但他相信，再過一、兩個禮拜，新芽抽長，新花再開，一切又將盛況空前。

兩個禮拜過去了，諸事順遂，爺爺的菜園再一次欣欣向榮。這一陣，恰是盛夏，陽光耀眼，氣溫高漲，蔬菜瓜果進入最旺的生長季節，奶奶又要舉辦週末晚宴了。

然而，天公不太作美，禮拜五就開始下雨，禮拜六也沒停，爺爺說，推遲到下個週末吧。下雨天，到處泥濘，黏呼呼濕答答的，又無法用陽臺上的大餐桌，有什麼味道，不如等天轉晴，心情才不至於打折扣。

恰好兒子媳婦也要參加朋友的婚禮，奶奶才不得不同意。

下個週末也不行，依依感冒，輕微發燒，不算嚴重，但這時候請客，把家裡搞得亂糟糟的，也不太好，何況，那夏日淫雨，依舊下個不停。

又一個禮拜過去了，陸續採摘的新鮮瓜果蔬菜，不但消費不了，連冰箱都放不下了。可是，週末晚宴還是無法舉行。

這次的問題，不關兒子媳婦，也跟依依無關，卻出在爺爺身上。爺爺的大門牙，一共四顆，年紀大了，牙肉後縮，牙齦露了出來，兼之牙本身也有點歪歪斜斜的，實在不好看，所以，不久前，找牙醫做了個目前流行的貼片鑲牙手術，不料那天沒注意，吃櫻桃，一口咬下去，櫻桃肉非常柔軟，但門牙碰到櫻桃核，卻把牙片崩落了兩個，一上一下，一左一右，極不對稱，又露出兩個不大不小的窟窿，這個樣子，確實不好見客。跟牙醫訂時間，最早也要下個禮拜三，晚會又不得不順延了。

雨依舊下著，氣象局都亂了套了。他們找出有史以來的所有紀錄，發現連續降雨三個禮拜，已經接近最高點，可奇怪的是，全國卻有四分之三的地區，連續高溫，一滴雨未落，森林大火吞噬民居，大片山林毀於一旦，田土龜裂，玉米歉收，大豆情急，總統宣布為旱災區，爺爺的菜園，卻完全泡在水裡。

爺爺冒雨搶救，在菜園四周開挖排水渠道，但是，只要雨不停，排水功能只有短期功效。當初開發菜園，為了省力，沒把菜園建成高於地面的凸起型菜畦，現在挽救無門，只能禱告上蒼憐憫施恩了。

地下水位已接近土表，爺爺買了一架家用抽水機，這是最後一招。

九月上旬第一個週末，爺爺舉著一把傘，站在陽臺觀望。兒子的後院，一片沼澤，他的菜園，只剩下瓜架豆棚幾個骷髏，站在水裡，不要說菜畦裡面，連骷髏上面，都毫無綠意，枯黃的枝葉藤條，死蛇一般，縱橫交錯。

爺爺的雨傘給風吹歪，雨點落在臉上，他微微舔到一絲絲鹹味，是眼淚嗎？還是臉上的汗水？還沒想清楚，卻聽見身後有人敲著玻璃門。

「爺爺回家家！」

這是他親耳聽見的，孫女兒依依說的，第一個完整的句子。

二〇一二年六月三日初稿

八月八日改定

閒之三：藕斷絲連

1. 似有

浦老的心情，似囚於某種難以言傳的落寞，已很久很久了，近來卻略有好轉，這跟學校當局安排的專訪，顯然有一定的關係。他心裡明白，因為，開始還略有抗拒心理，訪談兩、三次以後，小伙子電話來晚了點，居然惦記著呢！就像今天上午，用完早餐，院子裡匆匆散步一圈，回來便問：有我的電話嗎？回說沒有，竟似有些介意。談不上苦惱或什麼的，若有所失吧。而老伴那邊呢，不知怎麼的，特別絮絮叨叨，一會兒明知故問：小依依什麼時候過四歲生日啊？一會兒又抱怨：都是你，住這麼遠，來往多不方便！為了躲避頭痛，他索性整個上午就窩在他心愛的盆栽區，摘摘芽、整整枝，見天色雖晴，時間還早，陽光亮而不熱，就把他經營培育了二十幾年的銀杏從盆中起出，修根、換土，再用銅條彎枝，等一切完事，已經滿頭大汗，不過，總算安安靜靜，到午飯時間了。

午飯也不安寧，老伴問：你就打算這樣，頑固到底，一輩子不跟自己兒孫親近嗎？

午睡醒來自問：這一下午的時光，如何打發呢？

上午誤了寫字，就補一補這個吧。

半年來，寫字的方向變了。趙孟頫的《福神觀記》寫了差不多一年，到了幾乎可以亂真的程度，卻突然有點厭倦。開始時，人說趙字甜媚，寫多了容易犯腰軟的毛病，他不以為然。年紀這麼大了，怕什麼甜？還怕不夠甜呢！到了脫帖自書的階段，把寫好的辛棄疾釘在牆上遠觀，終於覺得這字確實站不起來，心意不免猶豫了。不是有人說，趙字外觀俊逸內實剛強嗎？怎麼到了我手裡，就只剩外而不見內呢？

師法古人，形實之間，如何拿捏，讓他著實苦惱了一陣。手頭幾十本碑帖，翻讀多遍，對於自覺極為關鍵的下一步，還是拿不定主意。他也曾寫信多方請益，有人主張下死功，剪去筆尖，先練篆書，確實掌握結構再說。有人認為，要練就筆力，非從隸書入手不可，甚至有好心的朋友，特意送他日本二玄社精印的《張遷碑》，還提到，當年書法家張隆延先生開門授徒，就要求學生依此範本，先練雙鉤廓填，每一筆都要求飽滿到位，寫每個字，不得少於五分鐘。也有人勸他，年紀這麼大了，不必夢想成家，何妨就以智永的《真草千字文》為範本，小楷寫上個半年一年，有點行書底子，此後隨意揮灑，也就行了。

俊逸與剛強之間，不知抓落白髮幾許。

一天，讀李北海《麓山寺碑》，看見「悲海」二字，心頭忽然一震。

先將四尺生宣三摺裁開，再橫三摺豎四摺對疊，共得四十八格。一得閣雲頭豔墨汁對水約四分之一。寫完一張，發覺用筆過於拘泥，又往往忘了中鋒行筆，於是再寫一張。那天，一上午，離不開書桌，最後寫了六張，共一百四十四遍，就這「悲海」二字。

半年來，《麓山寺碑》不知寫了多少遍了，雖然距「亂真」程度還遠，但有點心安理得的感覺，彷彿是一條路，可以這麼走下去的樣子。

當然，《麓山寺碑》也不是字字珠璣，敗筆壞字不少，得仔細挑，但像「悲海」這樣精神的，每頁都有幾個，這就夠他忙了。

他找到一位刻圖章的朋友，選了一塊巴林凍石，刻了四個字：原來如此。

2. 還無

下午三點，午睡醒來，小朋友終於有電話了。

接完電話的浦老，心情頓覺開朗，拿了把花剪，往園中巡視。

估計至少還有一個小時，得安排自己做些事情，便順手把糾纏的塑膠水管整理了一下。繼而一想，這個時節，陽光耀眼，盆栽施水不太合適，一來盆溫忽熱忽冷，容易傷根，葉面不免沾上水珠，又可能因聚光作用而灼焦，還是耐心點，等黃昏前後吧。恰好發現荷花缸裡，泥層居然已經暴露，立刻補了水，同時慶幸，好在發現及時，要不然，又要像去年一樣，不但無花，連荷葉都長不好。

小伙子進門的時候，他正為那盆傳統直立形的扁柏摘除底葉。今年的春天特長，初春換的盆，此時方才入夏，扁柏長勢旺盛，枝繁葉茂，多餘的對生枝、交叉枝、倒長枝，得盡快切除，底葉更須用手指倒抹清理，否則整株植形破壞無遺。小伙子頗有耐心，站在身後，一語不發，等他把每一枝層的底葉都處理完，才問：這樹看來很老，卻這麼小，您把它放在這個小盆裡，不是有點畸形嗎？

浦老斜瞄一眼，覺得費事，沒有正面回答，只笑了笑說：還是上我們的老地方談，空氣好，又沒有日曬，師母早已備好茶點了。

後院有棵老櫟樹，樹身雙人合抱，樹冠遮蔽半空，樹下的圓桌方椅，是浦老每天早餐讀報的地方。為了接待小客人，加上了桌布椅墊。

校方大力支持的這個項目，涉及當代美國漢學研究的傳統。雖然這個傳統，嚴格說，人不過兩、三代，真正有成就的學院，也不過五、六家，然而，由於是重鎮之一，加上近年老成紛紛凋謝，為了趕快挽救迅速消失的集體記憶，才造成一點急迫感。浦老事實上只能算是這個傳統的第二代，無論如何，他與當年奠立基礎的幾位元老，不但有接觸，還有千絲萬縷的傳承關係。

來自北京的小伙子呢？應該屬於第幾代呢？連第三代都算不上吧！漢學界有個人人心知肚明卻誰也不願拆穿的現象。真正的美國人，有潛力影響國政走向的，往往是頭面人物，卻很少有能力就第一手材料直接進行研究，因此，這些大牌學者的周遭，少不了一批中文學養深厚而英語表達能力平平的中國人，這是硬底子。業已進行多次的專訪，在這個層次，小伙子跟浦老之間，矛盾不大，多少算是一國的嘛！只是，這所謂的「一國」，內部卻也不太平靜。二、三十年來，「硬底子」的組成，悄悄變化，來自台、港和東南亞的，逐漸被北京、上海來人取代。

這或許是浦老跟小伙子之間，不時有點話不投機的根源，舉例說，這天下午，當小伙子問到：我們圖書館那批地方誌，究竟怎麼搞到的？

浦老說得不免帶點洋洋自得的神采，回憶當年恩師在國共內戰烽火即將燒到江南的時刻，說服校方撥款，在廣州雇貨運大卡車運輸文物的歷史，他本能地用了「搶救」這兩個字。小伙子意外沉默了，半天，才低著頭問：

「是『搶救』嗎？應該是『掠奪』吧！」

浦老突然臉紅了。

專訪到了這裡，不太容易繼續下去了。

小伙子告辭後，他在園子裡晃來晃去，不知道該做什麼。直到老伴隔著窗子呼喊：來幫忙和麵，媳婦剛來電話，過兩天要把依依送過來，先包點餃子放凍箱裡準備著！

3. 順變

年輕時候，他喜歡貫休出家前的一首詩，尤其這兩句：滿堂花醉三千客；一劍霜寒十四州。為什麼喜歡？他說不出。但他知道，那段歲月，他喜歡看人、看花、看劍，三樣東西，詩句裡都有，也許就這個道理。據說招待貫休的那位地方諸侯，霸氣十足，硬要他改兩個字，把「十四」改成「四十」，貫休冒殺頭危險，一口拒絕，飄然引退。年輕時候的他，著實迷過一陣。

他記得，多少個週末，他那批心懷大志的朋友，面臨畢業，開始忙著約會。西門町、國際學社、碧潭，他也不缺席，但他的參與跟別人不同。大世界的晚場電影，他坐在對門二樓的冰店窗口，看人。扶輪社主辦的舞會，他選擇視界最佳的位置，不下場，就看人。划船和營火，他也在那兒，盡力躲在一旁，看人。他看他們個個絞盡腦汁，你追我趕，趁著出國風潮，漂洋過海，配對成雙，尋找他們的新世界。他看他們，一個個，二十出頭，把劍扔了，不到十年光景，一個個，成家立業，消失在歷史的洪流底下，一點漣漪一點泡沫都不見，再也沒浮出水面。

他按劍不動，等待機會，同時不忘看花。

滿山爛漫的日本櫻，他陶醉。空谷幽蘭的奇花異葉，他入迷。但他最喜歡的，還是春雨過後的加州山野，連綿幾十里高低起伏的橘紅罌粟花海。

他來加州不是為了看花，他尋找出劍的機會。

拔劍後，還是不能不看人，人看多了，卻自此茫然四顧。他不再看花，不再看人，開始看樹。

「幽山美地」[2]的峰巔，有一群千年紅木，樹身十人合抱，主幹直衝蒼穹。由於海拔高，空氣稀薄，連鳥叫都沒有，卻彷彿可以聽見巨木呼吸的聲音。人到了那裡，雙膝自然虛軟。

他的膜拜情結，並不限於高大。

有一次，他專程開車去華盛頓國家植物園看盆栽展。一株三百年的五針松，體高不過兩尺，主幹略左斜，但右面的三片枝葉較長，且因低枝的下垂度較大，完成了平衡。近黑的泥盆，據說是明末清初宜興名家所製，色澤內斂而幽輝自現。盆栽整體的和諧莊嚴，也讓他產生膜拜感。

他的中年，基本在尋樹看樹的過程中度過。煩惱時看樹，成了唯一的逋逃藪，他甚至在自己的家園裡，刻意製造。

先後種下十幾個不同品種的日本楓，有些嫁接種無法自然繁殖，但原生種有原生種的好處，葉片細小，春秋兩季的顏色純淨，絕不亞於改良種，且每年春天，都發現不少秧苗，在草地、花圃、屋角、牆邊冒出來。他基本收集了綠葉和紅葉兩個品種，上石材場挑了兩大片兩頭尖中間寬的藍砂石，就用後院排水溝泥，加上石縫裡摳出的青苔，布置了兩個無盆的楓林盆栽。二十年下來，林木的樹幹，從牙籤變成了拇指。他每年著意修剪，楓林樹冠終於連成一片。

有天，老伴居然注意到他苦心經營的神品，還說：你想家了嗎？為什麼這兩個盆栽，都像台灣島呢？

最得意的，還不是這個。

在庭院最遠處，沒有鄰居的那個連接著山坡的邊陲，他種下十幾株藍葉雪

2.作者注：「幽山美地」：加州國家公園Yosemite的音譯。

松[3]。初種下那幾年，枝幹細而葉叢薄，頗不起眼。然而，幾十年下來，樹幹茁壯，接近地面的長枝微垂，樹幹中段枝平展而頂段枝雖短，卻略略向上，成寶塔狀，藍針密裹，形成了瘦骨嶙峋的姿態，但整片樹林森森，如北地荒原叢莽。更由於這種常青樹的天生特點，尤其是雨後霧氣朦朧，藍葉遠望如煙，枝條彷彿穿著巫婆的法衣，飄飄下墜，像有鬼神出沒其間。往往在早晨，陽臺上喝咖啡，望著高插入雲的藍葉雪松林，想像他祖祖輩輩流血流汗的土地，白山黑水之間，彷彿有什麼聲音，向他召喚。

可是，這幾年，他從教書崗位退下來，看樹也漸漸救他不了了。

也許，看石頭的年紀到了。

4. 如常

接到老朋友來信，不免喜出望外，然而，老朋友的心情，貌似幽默，卻透露些許淒涼。

話是這麼說的：

「想不到，一輩子吃異性的虧，活到這把年紀，還超脫不了……。」

他說的是他才五、六歲大的孫女兒。

被孫女兒欺負，不是挺幸福的嗎？可他並不這樣想，這只能怪他自己，當初為什麼不顧勸阻，堅持把家搬到兒子媳婦隔壁呢！早就跟他說過：兒子雖是親生，媳婦可是外人，何況兩代之間，觀念、習慣都不一樣，住那麼近，難保不發生齟齬。兩代關係，藕斷絲連最好，早就告誡過他，如今，孫女兒告狀，媳婦給臉色，豈非咎由自取？

浦老不是個容易受欺負的人，他的媳婦也一向保持尊敬，雖然不免遠遠觀望，不太像一家人。總之，兩代住家相隔兩、三個小時的開車距離，多少潛在的糾紛都因此免了。不過，小依依跟他，由於見面不夠頻繁，有時有點兒生分，也就沒辦法了。

好在，難得三、五個禮拜見面一次。每一次，都有點像是辦喜事。

前三天，先有兒子的電郵，第二天，又有媳婦的電話，老伴就先瘋了，指手劃腳，忙這忙那，專心準備著，這兩、三天，日子過得挺有目的的。他呢？反

3.作者注：藍葉雪松：一種寒帶針葉常青樹，學名Cedrus Atlantica Glauca。

正一切聽黨中央指揮，為了小依依，逆來順受不妨。

每次來，小依依都在這兒過夜，她的房間得徹底打掃。窗子、天花板、屋角的蛛網、灰塵，不能馬虎，地毯要搬到太陽底下曬，床單、枕頭套要換，衣櫥也要整理。媳婦有潔癖，衣櫥亂，小依依的換洗衣服都不讓往裡放。

開車過橋，去唐人街採購，是準備工作的必要項目，反正買多了不怕，自己也需要，順便理個髮，這忙忙亂亂的一趟，還是值得。

屋子裡外得仔細檢查，三、四歲的孩子，活力充沛，又不知道危險，萬一摔跤，碰破了皮肉，那還得了。特別是他的盆栽區，老伴叮嚀再三，那些盆盆罐罐、石塊、水管、農具、泥袋、砂石包，亂七八糟的，你給我整理好，圍起來。

接著，當天上午，兒子來電話了，才明白，原來是這樣計畫：七點左右抵達，留下小依依，兩口子坐當晚十點半的飛機，去巴哈馬度二次蜜月。

這可非同小可！從來沒有過的事！小依依這次要在爺爺奶奶家，過整整一個禮拜啦！

從事情一確定，浦老的心情，就在兩極跳動。一方面，想東想西，整夜失眠，往往手拿眼鏡找眼鏡。同時，又念念不忘，這些年好不容易養成的生活流程，全搞亂了，不要說盆栽、書法，連小伙子的專訪，都好像是前輩子的事。

然而，一想到小依依將在他家住上整整一個禮拜，一切都歸心了。

他把唐詩宋詞選本從書架上找出來，挑出十首，用大楷各寫一大張，貼在牆上，做為教材。雖然認字有限，留下印象便好。

上次，依依幾乎可以背誦李白的〈靜夜思〉了。

這次，挑些難一點的。孟浩然的〈春曉〉應該可以了。記得兩歲那年，奶奶問她：爺爺叫什麼名字？那時剛說話不久，她說：咳咳，咳咳。原來爺爺在她腦子裡，就是早晨刷牙漱口時費力清喉嚨濃痰的聲音。不過，爺爺想，這麼小就能抓住特點，這孩子有些慧根的。杜甫的〈春望〉呢？是不是過於艱深？再等兩年嗎？或者先叫她背熟了，將來長大，自能體會？

六點半，兒子又來電話了。這次，一反往例，浦老搶著去接，腳步踉蹌，差點連拖鞋都丟了。

那頭的語氣，好像解除了心頭重擔。

媳婦終於同意，二度蜜月不必太講究，孩子帶去放心些。

「票幸好補到了，這年月，經濟不好，旅行度假的人少。」

他說。

二〇一二年七月九日初稿

八月八日改定

後記

大概兩年多前，「枯山水」的意念出現，而且，有一段時間，縈迴盤旋，去了又來，好像要求我：請面對。

面對什麼呢？死亡、神鬼、人間、天地，古老的議題，不時出沒，但我始終沒有確定的答案。本來就不必有答案的嘛！這樣的想法，也不時浮現。

直到兩個似乎完全無關的閱讀經驗，幫助我，逐漸形塑了方向。

第一個經驗，偶翻唐詩，柳宗元的〈漁翁〉，尤其是「岩上無心雲相逐」一句，從千絲萬縷的蠶繭中，抽出一條線。這首詩，少年時代也讀過，當然，讀過也是白讀，不可能進入內心。現在這個年紀讀，便讀出了「自由」的意味。

所以把這一句放在〈閒〉三篇聯作的篇名後面，就是這個因緣。

然而，光拉出一條線，太抽象了。

至少還需要實際操作經營的手法。

這就涉及另一次閱讀。

卻不是任何文學作品，而是一本談「盆栽」的書。

英國有一位盆栽專家，名叫陳耀廣（Peter Chan），開了一家專營盆栽的公司「鷺」，不僅在英國首屈一指，而且名聞世界。他本人更是英國這個園林大國的頭號盆栽師，他的作品，曾經在最富盛名的Chelsea Flower Show獲得二十一次金獎，又是日本盆栽藝術家協會的榮譽會員。他寫了一本書，如今已成經典，書名《盆栽的奧秘》（Bonsai Secrets, The Ivy Press Limited, UK，二〇〇六），透露他從事盆栽藝術三十年的經驗，其中包括他個人的獨特技術創新。我對純技術的部份，並非沒有興趣，但最多也不過寫筆記，放在腦子裡參考。真正觸動我的，是他對盆栽設計原則的一些經驗總結，大概有這麼七條，因為這七條原則對我寫這本書起了一定的作用，不妨簡單介紹一下。

一、簡樸：就像禪宗心法，最深層的東西，要用最簡單的方式表達；

二、安靜：即使在動亂中，也要求安靜；
三、自然：極力避免人為痕跡；
四、非對稱的和諧；
五、冷酷暗示的壯美；
六、擯棄流俗習慣；
七、暗示無限空間和可能。

我的介紹，節略了詳細內容，只是摘要，但都聯繫著盆栽製作和設計的美學原則。然而，現在可以這麼說了，寫作這本書的二十二篇小說，對我而言，是督促自己彷彿在製作設計盆栽，不能不在耐心和雄心之間，多所磨合。成敗如何？不得而知，試過就是了。

還有一個問題：為什麼用「枯山水」作為書名？

看過部份原稿的朋友曾經批評：你的「枯山水」並不「枯」嘛！也許我失敗了。但，請你去看看日本禪寺的「枯山水庭園」，雖然草木與水，一概排除，它一點都不「枯」，而且，甚至可以說，質地、紋理、脈絡和氣象，活得很呢。

同樣，八大、石濤的殘山剩水，不也一樣「活」？

我因此這樣答覆朋友：我生性比較喜歡陽光，可能因此膚淺，但，無論如何，我的「枯山水」，是不可能沒有陽光的。

二〇一二年十月二日

紐約　無果園

INK PUBLISHING 文學叢書 342

枯山水

作　　者　劉大任
總 編 輯　初安民
責任編輯　陳健瑜
美術編輯　黃昶憲
校　　對　劉大任　吳美滿　陳健瑜

發 行 人　張書銘
出　　版　INK印刻文學生活雜誌出版有限公司
　　　　　新北市中和區中正路800號13樓之3
電　　話　02-22281626
傳　　眞　02-22281598
e-mail　ink.book@msa.hinet.net
網　　址　舒讀網http://www.sudu.cc

法律顧問　漢廷法律事務所
　　　　　劉大正律師
總 經 銷　成陽出版股份有限公司
電　　話　03-3589000（代表號）
傳　　眞　03-3556521
郵政劃撥　19000691 成陽出版股份有限公司
印　　刷　海王印刷事業股份有限公司

港澳總經銷　泛華發行代理有限公司
地　　址　香港筲箕灣東旺道3號星島新聞集團大廈3樓
電　　話　852-27982220
傳　　眞　852-27965471
網　　址　www.gccd.com.hk

出版日期　2012年 12 月　初版
ISBN　978-986-5933-42-5

定　　價　240元

國家圖書館出版品預行編目資料

枯山水／劉大任 著；
－－初版，－－新北市中和區：INK印刻文學，
2012.12　面；14.8×21公分（文學叢書；342）
ISBN 978-986-5933-42-5　（平裝）
857.63　101020675